패트릭 멜로즈 소설 5부작

PATRICK MELROSE NOVELS

괜찮아

에드워드 세인트 오빈

공진호 옮김

현대문학

「패트릭 멜로즈 소설 5부작」에 쏟아진 찬사

멜로즈 시리즈는 신랄한 명문과 짜릿한 재미로 이루어진 영국 현대소설의
금자탑이다.

데이비드 섹스턴, 《이브닝 스탠더드》

소설 첫 줄부터 완전히 빠져들었다. 재치 있고 감동적인 소설이며 강렬한
사회 희극적 요소를 갖춘 작품이다. 나는 책을 덮고 울었다. 정말 예상치 못
했던 그 이유가 무엇이었는지 누설할 생각은 전혀 없다.

안토니아 프레이저, 《선데이 텔레그래프》

놀랍도록 신랄한 재치. 저자의 문장이 지닌 활기, 즉 보석 세공과 같은 글의
조탁과 도덕적 확신은 등장인물들이 희구하는 치유를 상징한다. 그만큼 좋
은 글은 그 자체가 건강함의 척도이다.

에드먼드 화이트, 《가디언》

헤로인 중독과 알코올 중독, 간통, 이외에도 '자멸'이란 말은 가장 가볍고
완곡한 표현일 정도로 파멸적인 다양한 행동의 파도를 넘나드는 항해, 그
출발점이 된 비참한 항구로 돌아가지 않으려고 필사적인 노력을 기울이는
선원의 항해도와 같은 소설, 이것이 바로 패트릭 멜로즈의 이야기다. 이 시
대를 그리는 가장 통찰력 있는 소설, 세련되고 재미있는 소설이다. 놀랍다.

프랜신 프로즈, 《뉴욕 타임스》

에드워드 세인트 오빈은 당대 최고의 영국 소설가일 것이다.

앨런 홀링허스트

아름답고, 마음을 아프게 하면서도 웃기는 비극적인 소설이다.

마리엘라 프로스트루프, 《스카이 매거진》

세인트 오빈 소설의 가장 큰 기쁨은 세련되고 명료한 산문을 읽는 데 있다. 그것은 수학 공식과 마찬가지로 언어도 정확하고 아름다운 것은 반드시 진리를 가리킨다는 거의 초자연적인 느낌을 준다. 세인트 오빈 소설의 인물들은 비상한 표현력을 갖추었다. 그래서 그의 소설을 읽는 기쁨은 그들의 재치 있는 대화에 있다.

수지 페이, 《파이낸셜 타임스》

유머와 비애, 예리한 판단, 고통, 기쁨뿐 아니라 이 모든 것을 연결하는 온갖 감정이 녹아 있는 멜로즈 소설들은 21세기가 낳은 걸작이다. 저자 세인트 오빈은 이 시대 최고의 문장가이다.

앨리스 세볼드

에드워드 세인트 오빈은 프루스트처럼 하나의 세계를 창조했다. 제정신이라면 아무도 그 세계에서 살고 싶지 않을 테지만 그곳은 실재하는 생생한 세계, 유쾌하고 위험하게 공허한 세계처럼 느껴진다. 소설의 장래성에 대한 확신이 흔들린다면 세인트 오빈을 바라보는 게 가장 좋을 것이다.

앨런 테일러, 《헤럴드》

이 비범한 소설을 구성하는 근본적인 계획은 끊임없이 탐구적인 자기 교정의 행위다. 이것은 이 소설의 긴박한 감정적 강도의 원천이며, 그 구성을 결정짓는 원칙이다. 뛰어난 사회 풍자적 요소가 있다고는 해도 이 시리즈는 현대의 방만한 희극적 소설보다는 고대의 압축적이고 의식적인 시극에 더 가깝다. 놀랍고 극적으로 재미있는 대하소설이다.

제임스 래스던, 《가디언》

오스카 와일드의 재치, 우드하우스의 명료함, 에벌린 워의 신랄한 풍자가 뭉친 만족스러운 소설이다.

제이디 스미스, 《하퍼스》

걸작이다. 에드워드 세인트 오빈은 엄청난 재능을 가진 작가다.

패트릭 맥그래스

아이러니가 아드레날린처럼 쏠고 지나간다. 패트릭은 이지력으로 자신의 곤경을 세련되고 명료하고 냉정하고 격언에 가까운 태도로 처리한다. 재치 있는 안식과 냉소적인 통찰, 문학적 재간으로 넘치는 소설이다.

피터 켐프, 《선데이 타임스》

세인트 오빈의 글이 가진 편안한 매력의 이면에는 맹렬하고 면밀한 지력이 있다. 인물 묘사에 동원되는 재치는 그것이 무의미한 귀족을 향하든 구제 불능의 마약 딜러를 향하든 감칠맛 나게 죽여준다. 세인트 오빈은 실의에 빠지고 지쳐 버린 사람들의 정신과 마음을 분석할 때 완벽한 정신과 의사처럼 힘차고 신중하고 창의적이다. 이야기를 자아내는 능력으로 말하자면 전체적으로나 부분적으로나 독자를 매료시키는 천부적 재능을 가지고 있다.

멜리사 캣술리스, 《타임스》

결국 패트릭에게, 그리고 저자인 세인트 오빈에게 위안을 주는 것은 언어다. 세인트 오빈의 멜로즈 소설들은 이제 중요한 대하소설로 간주될 만하다.

헨리 히칭스, 《타임스》

멜로즈 소설은 블랙 코미디의 요소를 지닌 걸작이다. 세인트 오빈의 문체는 힘차면서 경쾌하다. 비유의 정확성은 짜릿할 정도다. 세인트 오빈은 패트릭의 아들에 대한 이지적이고 다정다감한 사랑을 염두에 두고 소설을 썼다.

캐럴라인 무어, 《선데이 텔레그래프》

세인트 오빈은 감정의 혼돈과 고조된 감각의 혼란, 지적 노력의 위압적 모순을 강력하면서도 미묘하게 전달함으로써 치유에 가까운 짜릿한 효과를 창출한다.

프랜시스 윈덤, 《뉴욕 리뷰 오브 북스》

나이 먹은 사람이 어린 사람에게 가하는 잔인함에 대한 극도의 블랙 코미디. 증오에 차 있고 고통스러울 정도로 솔직하다. 나는 이 책을 읽고 지금까지 서평을 쓰며 경험해 보지 못한 영역에 눈을 뜨게 되었다. 걸작이다!

《타임스》

에드워드 세인트 오빈은 끔찍했던 어린 시절을 눈부시고 충격적인 작품으로 승화시켰다. 멜로즈 소설들은 훌륭한 풍자 문학이다.

《심리학 매거진》

세인트 오빈은 불행했던 인생을 그리는 자서전의 행상이 아니라 정말로 창의적인 작가다. 그렇기 때문에 세련되고 냉소적이며 종종 아주 웃기는 이 책은 이야기를 쓰게 만든 모든 상황을 초월한다. 세인트 오빈의 글을 읽는 것은 즐겁다. 그 글을 이루는 식견은 재미있는 만큼 강력하며 관대하기까지 하다.

《아이리시 인디펜던트》

나는 에드워드 세인트 오빈의 패트릭 멜로즈 소설들을 정말로 좋아한다. 독자들에게 그의 전작을 지금 당장 읽으라고 권하는 바이다.

데이비드 니콜스

기성세대의 죄악에 꺾인 사람들의 인생에 대한 인도적 고찰을 담은 책이다. 세인트 오빈은 영국 소설가의 백미이다.

《선데이 타임스》

앤서니 파월의 『세월이라는 음악의 춤A Dance to the Music of Time』 이후 가장 예리하고 가장 훌륭한 소설이다. 세인트 오빈은 현대 상류 사회의 관습, 제자리를 잃은 감정의 고통과 행복에 대한 희망이라는 살얼음판을 딛고 춤을 춘다.

《사가 매거진》

세인트 오빈은 한 가족 전원을 현미경 아래 놓고, 고통스럽지만 피할 수 없는 복잡한 특징들을 드러내 보인다. 서사시적이면서 개인적이고, 처참하면서 코믹한 그의 소설은 모두 걸작이다.

매기 오패럴

애나에게

I

아침 7시 반, 이베트는 지난밤에 다림질한 세탁물을 들고 진입로를 따라 본채로 내려왔다. 샌들이 벗겨지지 않게 발가락을 꽉 오므리고 걸어서 찰싹거리는 소리가 어렴풋했다. 샌들 끈이 끊어져서 돌이 많고 바퀴에 팬 땅을 걷기가 불안정했다. 진입로 가장자리를 따라 삼나무들이 한 줄로 늘어서 있고, 그 아래 담 너머 뜰에 서 있는 의사 선생이 보였다.

9월의 해가 석회암 산 위로 오르지 않은 이른 시간인데도 그는 검은 선글라스를 쓰고 파란 잠옷 가운 차림으로 왼손에는 호스를 들고 있었다. 그는 발치의 자갈 사이로 종렬을 이루어 분주히 이동하는 개미들에게 물세례를 가했다. 한두 번 해 본 솜씨가 아니었다. 무사한 개미들이 젖은 돌 위에서 허우적거리면 얼마간은 체면을 되찾게 내버려 두었다가 재차 물벼락을 안겼다. 그런 다음 호스를 들지 않은 손으로 입에서 시가를 뽑아 들었다. 시가 연기가 튀어나온 이마뼈를 덮은 희끗희끗한 갈색 머리카락을 스치고 날아갔다. 어떤 개미 한 마리를 죽이겠다는 일념으로 호스 꼭지를 눌러 물줄기를 세게 해서 더 효과적인 물세례를 가했다.

이베트는 무화과나무만 지나면 멜로즈 의사 선생 모르게 슬쩍 집으로 들어갈 수 있었다. 그러나 이베트가 나무에 가려 자기가 보이지 않으리라고 생각한 순간, 의사 선생은 습관처럼 고개를 쳐들지도 않고 이베트를 불렀다. 어제는 팔이 아플 정도로 한참 말을 걸었다. 조금만 더 오래 있었더라면 리넨 세탁물을 떨어뜨렸을 것이다. 그는 그런 것까지 아주 치밀하게 가늠했다. 미스트랄*에 대한 의견을 묻는 것으로 시작해서 이베트가 프로방스 토박이로서 아는 것을 과장되게 존중하는 태도를 보였다. 조선소에 다니는 이베트 아들의 일에 관심을 표했을 즈음에는 이미 어깨까지 올라간 통증이 목덜미를 공략하기 시작했다. 이베트는 요통을 앓는 남편의 안부와 추수기에 트랙터를 운전하는 데 문제가 없을지를 물어도 의사 선생을 뿌리치고 가기로 마음먹었었다. 그런데 오늘은 그런 세심한 오전 대화의 신호인 인

---

*   지중해 연안 지방의 차고 건조한 서북풍.

사말 "Bonjour, chère Yvette^{안녕, 이베트}" 하고 부르는 소리가 들리지 않았다. 이베트는 머리를 수그리고 낮은 무화과나무 가지 아래를 지나 집으로 들어갔다.

멜로즈 부부는 오래된 농가라고 하지만 이베트는 대저택이라고 부르는 이 집은 경사지에 세워져 위층과 진입로의 높이가 같았다. 진입로에서 집 옆의 넓은 계단을 내려가면 거실에 면한 테라스가 나왔다.

반대쪽 옆으로 난 계단 아래의 작은 예배당은 쓰레기통들을 눈에 띄지 않게 넣어 두는 곳으로 쓰였다. 겨울에는 물이 작은 웅덩이들을 거치면서 졸졸 흘러내렸지만, 지금은 시기적으로 무화과나무 옆으로 난 도랑이 조용했다. 그나마 바닥을 더럽히는 토막 나고 뭉크러진 무화과 때문에 도랑이 막혀 있었다.

이베트는 천장이 높고 어두운 방으로 들어가 세탁물을 내려놓았다. 불을 켠 다음 타월과 홑이불을 분류하고, 다시 홑이불과 식탁보를 분류했다. 키 큰 장이 열 개 있었고, 그 안에는 더 이상 쓰이지 않는 리넨 제품들이 단정하게 잔뜩 개어 있었다. 이베트는 가끔 그냥 장들을 열어, 잘 모셔 둔 그 수집품들을 바라보며 감탄했다. 어떤 식탁보는 천 자체에 월계수 가지와 포도송이 무늬를 짜 넣은 것이었는데, 그 무늬가 비스듬히 보아야 드러났다. 하얗고 매끄러운 홑이불의 모노그램과 냅킨 귀퉁이에 수놓인 V자와 그것을 감싼 화환 무늬를 더듬어 느껴 보기도 했다. 가장 오래된 홑이불 중에서도 외국어가 쓰인 리본에 유니콘 무늬가 있는 것을 가장 좋아했지만 그것들은 전혀 사용되지 않았다. 멜로즈 부인은 이베트에게 문가의 작은 장에 있는 무늬 없는 허름한 리넨만 계속 세탁해서 쓸 것을 고집했다.

엘리너 멜로즈는 부엌에서 진입로로 연결되는 낮은 계단을 뛰어 올라갔다. 천천히 걸어 올라갔더라면 비틀거리다 절망에 싸여 계단 옆 낮은 담에 앉았을지도 모른다. 속이 치받치듯 메스꺼워 음식으로 도발할 엄두가 나지 않았다. 그 메스꺼움은 담배로 더 심해졌다. 토한 뒤 양치질을 했지만 담즙이 남긴 뒷맛이 영 가시지 않았다. 토하기 전에도 토하지 않을 줄 알고 양치질을 했다. 타고난 낙천적 기질을 완전히 꺾을 수는 없었던 것이다. 9월에 접어들자 아침 날씨가 선선해졌다. 공기 중에는 벌써 가을 냄새가 돌았다. 그런데도 두껍게 바른 분을 뚫고 이마에 땀이 맺혔다. 엘리너는 손바닥으로 무릎을 짚으면서 계단을 올랐다. 커다란 검은 선글라스를 쓴 눈으로 창백한 발에 신은 캔버스화를 내려다보았다. 다리에 들러붙은 짙은 핑크색 실크 바지가 빨간 고추처럼 보였다.

엘리너는 얼음이 든 잔에 보드카를 따르는 상상을 했다. 허옇게 긴 서리가 떨어지고 얼음덩어리들이 맑아지더니, 자신만만한 접골사가 등골을 맞추듯 딱딱 소리를 내며 내려앉는다. 붕괴

된 얼음덩어리들은 서로 어색하게 들러붙어 둥둥 떠서 딸랑거리고, 얼음에서 떨어져 나간 서리는 잔 벽에 들러붙는다. 입에 머금은 보드카는 차고 매끄럽다.

계단을 다 오르면 둥그런 평지가 나오고 왼쪽으로는 급한 오르막이다. 그 평지의 소나무 아래에 엘리너의 적갈색 뷰익이 주차되어 있었다. 계단식 포도밭과 올리브 밭을 배경으로 타이어 측면이 흰 커다란 자동차가 놓인 풍경은 부자연스러워 보였다. 엘리너에게 그 차는 낯선 도시의 자국 영사관과도 같은 존재였다. 엘리너는 강도를 만난 여행객처럼 긴급히 차로 갔다.

뷰익 후드에 반투명한 송진이 방울방울 들러붙어 있었다. 앞유리 하단에 떨어진 송진에 솔잎이 한 개 붙어 있었다. 그것을 떼 내려 했지만 유리만 더 더러워지고 손가락 끝이 끈적끈적해졌다. 빨리 차에 타고 싶어 강박적으로 송진을 긁다 손톱이 시커메졌다. 엘리너는 자기 차를 굉장히 좋아했다. 그 차는 데이비드가 절대로 운전하지도, 타지도 않기 때문이었다. 집과 땅이 엘리너 소유였고, 하인을 부리고 술을 사는 데 들어가는 돈도 마찬가지였지만, 엘리너가 진정으로 자기 것이라고 할 수 있는 건 이 차뿐이었다.

엘리너는 데이비드를 12년 전에 만났다. 데이비드의 생김새에 반했다. 영국 남자들이 대저택의 추운 거실에서 자기들의 영지를 내다볼 때 지어 마땅하다고 여기는 그런 표정이 500년이란 오랜 세월을 거치면서 단단히 굳어졌고 데이비드의 얼굴에서 완전해졌다. 오랜 세월 한 장소에서 아무런 일도 하지 않는 것을 영국인들이 왜 그렇게 고귀하게 여긴다고 하는지 엘리너로서는 도무지 알 수 없었는데, 데이비드를 보고 그들이 실제로 그렇다는 것을 의심하지 않게 되었다. 데이비드는 찰스 2세*와 창녀 사이에서 난 자식의 후손이었다. "내가 당신이라면 아무에게도 그 사실을 말하지 않을 거야." 데이비드에게서 그 이야기를 처음 들었을 때 우스개로 한 말이었다. 데이비드는 웃지 않고 고개를 옆으로 돌렸다. 그리고 입을 꾹 다물고는 아랫입술을 쑥 내밀었다. 무언가 잔인한 말을 하지 않으려고 엄청난 인내심을 발휘하는 듯 보였다. 그 후로 엘리너는 남편의 그런 옆모습을 혐오하게 되었다.

엘리너는 남편이 의사가 된 경위에 감탄하던 때가 있었다. 데이비드의 아버지 멜로즈 장군은 의사가 되겠다는 아들의 의향을 알고 곧바로 매년 지급하던 돈을 끊어 버렸다. 그 돈으로 차라리 꿩을 사육하는 게 낫겠다고 생각했다. 사람이나 짐승을 쏘는 게 귀족의 일이고 상처를 돌보는 것은 중산층 돌팔이 의사들의 일이었다. 장군은 그런 견해를 가지고 있었다. 그렇기 때문에 더욱 사냥을 즐길 수 있었다. 아들에게 매정하게 구는 것은

* 1649년부터 1651년까지 스코틀랜드를, 1660년부터 1685년까지 잉글랜드, 스코틀랜드, 아일랜드를 다스린 왕.

어렵지 않았다. 데이비드가 처음으로 아버지의 관심을 끈 것은 이튼*을 졸업했을 때였다. 아버지는 아들에게 장차 무엇을 하고 싶은지 물었다. 데이비드는 말을 더듬으며 "잘 모르겠습니다, 아버지"라고 대답했다. 작곡가가 되고 싶다고 말할 용기가 나지 않았다. 장군은 아들이 피아노에 시간을 낭비하고 있다는 것을 알았다. 그러자 아들을 직업 군인으로 만들면 그런 여성적인 충동이 꺾일 것이라고 확신했다. "넌 군에 가는 게 좋겠다." 아들에게 그렇게 말하고 전우인 양 어색하게 시가를 권했다.

그래도 엘리너에게 데이비드는 영국의 이류 속물들이나 그들의 먼 사촌들과는 달라 보였다. 그들은 누군가 빈자리를 채우려고 급히 부를 경우에 대비하거나 주말을 보낼 준비를 하고 할 일 없이 빈들거리는 족속이었다. 그들은 자기들 것도 아닌 많은 추억을 간직하고 있었다. 그것은 그들의 할아버지들이 어떻게 살았는지에 대한 추억이었는데, 사실은 그것마저 그들의 할아버지들이 살았던 방식과는 다른 것이었다. 엘리너는 데이비드를 만났을 때 자기를 진정으로 이해하는 사람은 처음이라고 생각했다. 그랬던 데이비드에게서 이제는 이해심을 기대할 수 없었다. 이 변화를 설명하기는 어려웠다. 그녀의 돈으로 자기가 누

---

* 정부 보조를 받지 않는 영국 기숙학교. 남학생만 받는다. 1960년대까지만 해도 재학생 60퍼센트 이상은 아버지가 이튼 졸업생이었다. 과거에는 그런 집안의 남자 아이는 태어나면 미리 이튼 학교에 입학 신청서를 제출했다.

려야 마땅하다고 생각하는 생활 방식에 대한 환상을 실현하기 위해 기다린 것이라는 유혹적인 생각을 떨쳐 버리려고 엘리너는 노력했다. 어쩌면 데이비드의 격을 떨어뜨린 건 오히려 돈이었는지도 모른다. 그는 결혼하고 의사 일을 관두었다. 처음엔 엘리너의 돈으로 알코올 중독자들을 위한 시설을 세우자는 이야기가 있었다. 어떤 의미에서 그들의 이야기는 결실을 보았다.

데이비드와 마주치는 상상이 다시 엄습했다. 엘리너는 송진 떼는 일을 마지못해 중단하고 거대한 뷰익을 타고 출발해서 층계 앞을 지나 그대로 먼지 나는 진입로를 빠져나갔다. 그리고 언덕을 내려가다 중간쯤에서 차를 세웠다. 공항에 나가려고 빅터 아이즌의 집으로 앤을 데리러 가는 길이었다. 그러기에 앞서 우선 정신을 가다듬을 필요가 있었다. 운전석 밑에 방석으로 감싸 둔 비스키 브랜디 반병이 있었다. 가방 속에는 노란색 각성제와 이로 인한 불안과 공포를 없애 주는 흰 알약이 들어 있었다. 장거리 운전에 대비해 각성제를 두 알도 아니고 네 알이나 먹었다. 1회분의 두 배를 복용한 결과로 신경이 지나치게 예민해질 게 염려되어 흰 약 두 알을 남은 브랜디 절반과 함께 넘겼다. 처음에는 몸을 떨었지만, 알코올이 혈류에 섞이기도 전에 재깍 그 기운을 느꼈다. 감사한 마음과 따뜻한 기운이 뿌듯이 차올랐다.

엘리너는 운전석에 걸터앉았다가 뒤로 푹 기대앉았다. 백미

러에 얼굴이 비쳤다. 그날 처음으로 자기 얼굴을 인식했다. 위험하게 돌아다니다 침대로 돌아와 누운 몽유병자처럼 자신 안에 안착했다. 창문이 꼭 닫혀 고요했다. 밖을 내다보았다. 포도밭에서 흑백의 까치들이 푸다닥 날아올랐다. 이틀 동안 연이어 분 강풍 덕분에 구름 한 점 없는 희멀건 하늘에 솔잎이 날카롭게 두드러져 보였다. 엘리너는 다시 시동을 걸고 출발했다. 가파르고 좁다란 길을 어물어물 운전해 내려갔다.

데이비드 멜로즈는 개미들을 익사시키는 게 싫증 나자 정원에 물 주는 것을 관두었다. 그 놀이에 잔뜩 집중했던 정신이 분산되자 절망감이 차올랐다. 개미굴은 언제든지 또 있다. 개미굴들이 있는 테라스도. 그는 '앤트^{ant}'를 '안트^{aunt}'로 발음했다. 일곱 명의 도도한 이모^{aunt}들을 떠올리면 그 잔인한 취미에 더 재미를 느꼈다. 그는 어렸을 때 그 고상하고 이기적인 여자들 앞에서 피아노를 연주해 재능을 보여 주었다.

데이비드는 자갈길에 호스를 떨어뜨리고, 아내가 얼마나 쓸모없는 여자가 되었는지 생각했다. 아내는 너무 오랫동안 겁에 질려 몸이 굳어 있었다. 그것은 촉진이 아프다는 것을 아는 환자의 부어오른 간을 만지려는 것과 같았다. 긴장을 풀라고 그렇게 자주 설득하는 데도 한계가 있었다.

그는 12년 전 저녁을 기억했다. 함께 저녁을 먹자고 집으로 엘리너를 초대했다. 그때는 엘리너가 그를 얼마나 신뢰했던가!

잠자리를 같이한 후에도 엘리너는 수줍어했다. 그날은 하얀 바탕에 큰 검은색 물방울무늬가 있는 맵시 없는 드레스를 입고 있었다. 스물여덟 살이었지만 수수하게 커트한 찰랑찰랑한 금발이라 실제 나이보다 어려 보였다. 그는 어리둥절한 듯한 표정에 기운 없어 보이는 모습이 예쁘다고 생각했다. 그러나 생김새보다 더 자극적이었던 건 엘리너의 들뜬 모습이었다. 중요한 무언가에 자기를 바치기를 갈구하지만 그게 무엇인지 아직 찾지 못해서 조용히 안달하는 여자의 모습이랄까.

데이비드는 아몬드로 소를 채운 모로코식 비둘기 요리를 했다. 사프란을 넣은 쌀밥에 비둘기 요리를 내와 식탁에 놓다 말고 접시를 도로 빼더니 이렇게 물었다.

"부탁 하나 들어줄래?"

"물론이에요. 뭐죠?"

데이비드는 엘리너 등 뒤의 바닥에다 접시를 놓았다.

"나이프도 포크도, 손도 쓰지 않고 그냥 접시에 입을 대고 먹어 줄 수 있어?"

"개처럼 말이에요?"

"개 흉내를 내는 여자처럼."

"아니 왜?"

"그냥 그러는 걸 보고 싶어."

데이비드는 그 요구에 따른 위험을 즐겼다. 엘리너가 거절하고 가 버릴지 모를 일이다. 그러지 않고 그 요구를 들어준다면 엘리너는 그의 손안에 들어오는 것이다. 이상하게도 두 사람 다 웃을 생각조차 하지 않았다.

터무니없는 것이라도 복종은 엘리너에게는 실질적인 유혹이었다. 데이비드가 해 달라는 대로 하면, 신뢰하고 싶은 무언가를 위해 신뢰하지 않는 것 즉 식사 예절, 존엄성, 긍지 같은 것을 희생하는 게 될 것이다. 희생정신이란 그런 것이다. 그 행위의 공허함 때문에, 누구에게도 아무런 도움이 되지 않는다는 사실 때문에 그때는 그 희생이 더 순수해 보였다. 엘리너는 낡은 페르시아 카펫에 놓인 접시 양옆을 손으로 짚고 무릎을 꿇었다. 접시에 입을 대고 비둘기 고기 조각을 물 때 팔꿈치가 옆으로 돌출하고, 꼬리뼈가 당기는 느낌이 들었다.

엘리너는 상체를 일으켜 무릎에 손을 얹고 조용히 음식을 씹었다. 고기 맛이 이상했다. 눈을 약간 치켜뜨자 데이비드의 신발이 보였다. 바닥을 디딘 한쪽 발끝은 엘리너를 향하고 다른 발은 얼굴에 가까운 허공에서 흔들거렸다. 엘리너는 다리를 꼬고 앉은 데이비드를 무릎 위로는 보지 않고 다시 허리를 굽혔다. 이번에는 더 열의를 보였다. 아몬드를 찾으려고 입으로 밥을 헤집고, 머리를 조금씩 비틀어 가며 뼈에서 고기를 떼 내기도 했다. 그러다 마침내 얼굴을 들어 데이비드를 쳐다보았다. 한쪽 뺨은 그레이비소스가 묻어 번들번들하고 입과 코에는 노란 밥알이 붙어 있었다. 어리둥절해하는 표정은 남김없이 가셨다.

데이비드는 요구를 들어준 엘리너를 잠시 흠모의 눈으로 바라보았다. 그러다 다리를 뻗어 구두 끝으로 얼굴을 살짝 훑었다. 엘리너가 보인 신뢰에 완전히 넋을 잃었다. 그것을 어떻게 해야 할지 몰랐다. 엘리너에게서 복종을 이끌어 낼 수 있다는 걸 입증하는 목적을 이루었기 때문이었다.

그다음 날 데이비드는 니컬러스 프랫에게 그 이야기를 해 주었다. 접수 담당자에게 바쁘다고 말하라고 이르고는, 숙취인데도 편두통인 체하는 여자들과 열이 있는 아이들이 대기하는 진료소에서 벗어나, 사교 클럽으로 가서 술을 마시곤 하던 날들 중 하루였다. 데이비드는 파란색과 황금색으로 장식된 오전용 거실에 앉아 한잔 마시기를 좋아했다. 그곳엔 늘 중요한 사람들이 남기고 간 잔물결 같은 게 있었고, 활력 없고 방탕한 무명의 회원들은 권력의 분위기에 젖어 기분이 들떴다. 큰 요트가 출항하면 근처에 정박해 있던 작은 보트들이 그 여파로 흔들리듯이.

니컬러스가 장난기와 반감 사이에서 주저하며 물었다.

"왜 그랬어요?"

"엘리너는 대화가 굉장히 한정되어 있어, 안 그래?"

니컬러스는 대꾸하지 않았다. 공모자가 되도록 강요당하는 기분이었다. 엘리너가 그렇게 먹도록 강요당했듯이.

"바닥에서 그러니까 대화가 늘던가요?"

"난 마법사가 아냐. 엘리너를 재미있는 사람으로 만들진 못해도 최소한 입을 다물고 있게는 했지. 부자의 고뇌가 어쩌고 하는 얘기를 또 들을 게 끔찍했거든. 난 그 고뇌에 대해 별로 아는 게 없고, 엘리너는 그것 말고는 아는 게 별로 없지."

니컬러스는 낄낄 웃었고 데이비드는 싱긋 이를 드러냈다. 데이비드가 재능을 허비하는 것을 가지고 누가 어떻게 생각하든, 웃음에는 확실히 능하지 않아, 니컬러스는 생각했다.

데이비드는 정원에서 양쪽으로 나뉘어 테라스로 이어지는 층계의 오른쪽으로 올라갔다. 나이가 예순인데, 약간 헝클어져 보이는 머리는 여전히 숱이 많았다. 얼굴은 놀랍도록 잘생겨서 유일한 흠이 있다면 바로 흠이 없다는 점이었다. 그것은 얼굴의 청사진, 아무도 살지 않는 집 같은 느낌을 주었다. 마치 주인이 어떻게 살든 완벽한 외관이 그 흔적에 손상되지 않는 것처럼. 데이비드를 아는 사람들은 노화의 조짐을 살폈지만 얼굴은 해를 거듭할수록 오히려 더 훌륭해졌다. 고개를 돌리지 않아도 눈은 검은 선글라스 뒤에서 분주히 움직거리며 사람들의 약점을 판단했다. 의사로서 데이비드가 가진 가장 도취적 기량은 진단이었다. 그러나 일단 그 기량을 발휘한 다음에는, 환자의 고통에 무언가 호기심을 동하게 하는 게 있지 않는 한 그 환자에 대한 관심을 잃기 일쑤였다. 선글라스를 쓰지 않은 얼굴은 주의를 기울이지 않는 모습이었다. 그러다가도 누군가의 약점이 발견되

기라도 하면, 눈이 힘을 준 근육처럼 굳어졌다.

데이비드는 계단 꼭대기에서 멈추고 꺼진 시가를 담장 너머 아래쪽에 있는 포도밭으로 던졌다. 집의 남쪽 벽을 덮은 담쟁 이덩굴에는 어느새 죽죽 붉은 단풍이 졌다. 데이비드는 그 색에 탄복했다. 그것은 쇠퇴에 대한 저항의 표시로 고문자의 얼굴에 침을 뱉는 행위와도 같았다. 데이비드는 엘리너가 그 우스꽝스러운 차를 타고 서둘러 집에서 나가는 것을 보았다. 이베트가 눈에 띄지 않게 살며시 집으로 들어가는 것도 보았다. 어찌 그들을 탓하겠는가!

가끔 우려도 표하고, 파괴적인 기질의 행사에 대해 공들여 사과하기도 해야 몰인정한 언행도 효력을 볼 수 있다는 것을 데이비드는 잘 알고 있었다. 그러나 엘리너에 대한 무한한 실망 때문에 그런 변화를 주는 일은 진작에 집어치웠다. 데이비드는 마음속의 어떤 표현할 수 없는 매듭을 푸는 일에 엘리너가 아무런 도움을 줄 수 없다는 것을 알고 있었다. 그러기는커녕 그 매듭은 더 단단히 조여지기만 했다. 숨을 쉴 때마다 마음에 어두운 그늘을 드리우는 질식사의 징조와도 같았다.

데이비드는 어처구니없게도 아테네 공항에서 본 벙어리 절름발이 생각에 여름 내내 시달렸다. 작은 봉투에 든 피스타치오를 팔려고 대합실 승객들의 무릎에 전단을 던져 놓고 지나가던 그 사람은 머리를 축 늘어뜨리고 눈은 위로 뒤룩거리고, 통제되지 않는 발로 바닥을 짓이기면서 몸을 일으키는 듯한 동작으로 걸었다. 그때 뭍에서 헐떡이는 물고기처럼 소리 없이 비틀리는 그 사람의 입을 보고 현기증 같은 것마저 느꼈다.

데이비드는 테라스에서 거실 문에 이르는 마지막 계단을 올라가며 자기의 노란 슬리퍼가 내는 쓱쓱 하는 소리에 귀를 기울였다. 이베트가 아직 커튼을 걷지 않았다. 데이비드는 커튼을 도로 치는 수고를 덜게 되었다. 거실이 어둑하고 값비싸 보이는 것이 좋았다. 금박을 흠뻑 입힌 짙은 빨간색 의자가 맞은편 벽에서 빛났다. 엘리너의 미국인 할머니가 유럽 전역을 휩쓸며 매입 여행을 다니다 베네치아의 어느 유서 깊은 가문에게서 뺏다시피 해서 획득한 것이었다. 데이비드는 그 입수 과정과 결부된 추문을 좋아했다. 그리고 박물관에 잘 모셔 두어야 할 것이란 사실을 알면서도 고집스럽게 최대한 자주 그 의자에 앉았다. 때때로, 혼자 있을 때면 그는 항상 '총독 의자'라고 불린 그 의자에 앉았는데, 의자 끄트머리에 기대 오른손은 정교하게 조각된 팔걸이를 꽉 움켜쥐었다. 초등학교 때 받은 『영국 역사 도감』에서 본 것을 기억하고 취한 자세였다. 그 도감의 한 그림은 헨리 5세가 무례한 프랑스 왕에게서 테니스공을 선물로 받고 분노하는 모습을 보여 주었다.

데이비드는 엘리너의 모권 중심 미국인 가족의 수집품에 둘러싸여 살았다. 과르디와 티에폴로, 피아체타와 노벨리의 드로

잉화가 벽에 잔뜩 걸려 있었다. 회갈색 원숭이와 분홍색 장미꽃으로 가득한 프랑스의 18세기 병풍이 기다란 거실을 반으로 갈랐다. 중국산의 검은색 장이 데이비드가 선 곳에서 병풍에 가려 일부만 보였다. 장 위에는 술병들이 가지런히 가득 정렬되어 있었고, 그 안의 선반에는 그 술병들을 보충할 다른 술병들이 가득 들어 있었다. 그는 술을 한 잔 따르면서 고인이 된 장인 더들리 크레이그를 생각했다. 엘리너의 어머니 메리는 매력적인 술고래 스코틀랜드인이었던 그를 부양하는 데 너무 많은 돈이 들자 그와 이혼했다.

메리는 더들리 크레이그에 이어 장 드 발랑세와 결혼했다. 기왕 남자를 부양할 거면 공작이 낫겠다고 생각한 것이다. 엘리너는 여러 채의 집에서 자라났는데, 그 집의 물건들은 모두 왕이나 황제가 소유하던 것인 듯했다. 모두 훌륭한 집들이었지만 손님들은 문을 나설 때 다들 안도의 숨을 쉬었다. 그들은 공작 부인이 보기에는 그들이 앉았던 의자가 자기들에게 과분했으리란 사실을 알았던 것이다.

데이비드는 먼 쪽 높은 창문으로 갔다. 유일하게 커튼이 걷혀 있는 그 창문으로 맞은편 산이 보였다. 데이비드는 노출되어 들쭉날쭉한 석회암을 자주 바라보았다. 그것은 짙푸른 산허리에 두뇌 모형들을 올려놓은 것 같았다. 두뇌 한 개가 몇십 개로 절개되어 삐져나온 것처럼 보일 때도 있었다. 데이비드는 원초적

경외의 느낌을 불러일으키고자 창문 옆 소파에 앉아 밖을 내다
보았다.

2

패트릭은 우물이 있는 쪽으로 걸어갔다. 손잡이가 금색인 회색 플라스틱 검을 들고 다랑이*의 담 너머로 삐져나온 분홍색 쥐오줌풀 꽃을 획획 치면서 갔다. 회향풀 가지에 붙은 달팽이를 보면 검으로 가지를 내리쳐 떨어뜨렸다. 달팽이가 죽으면 얼른 짓밟고 달아났다. 코를 푼 것처럼 온통 눅진눅진해졌기 때문이다. 하지만 곧 죽은 달팽이를 보러 되돌아갔다. 등껍질이 깨져 무른 살에 들러붙은 것을 보고는 자기가 한 짓을 후회하곤 했다. 비 온 뒤 달팽이를 으깨 죽이는 건 공평하지 않다. 달팽이는 물방울을 흘리는 잎 아래 생긴 작은 웅덩이에 몸을 담그고

---

*   비탈진 곳에 있는 계단식 땅.

뿔을 뻗고 놀기 위해 나올 따름이었으니까. 뿔에 손을 대면 달
팽이는 뿔을 움츠렸고 패트릭도 덩달아 손을 움츠렸다. 달팽이
에게 패트릭은 어른과 같았다.

하루는 다른 길로 가다 보니 뜻하지 않게 우물이 나와서 깜
짝 놀랐다. 패트릭은 뜻하지 않게 발견한 그 길을 비밀 지름길
로 정했다. 그 후로 혼자 놀 때는 언제나 그 길로 다녔다. 패트릭
은 올리브 밭 다랑이를 지나갔다. 그 전날 그곳을 지나갈 때는
바람이 불어 잎들이 초록색에서 회색으로, 회색에서 초록색으
로 홱홱 바뀌었다. 손으로 벨벳을 양쪽으로 쓸면 표면이 연해졌
다 진해졌다 하는 것처럼.

패트릭은 앤드루 버닐에게 비밀 지름길을 보여 준 적이 있었
다. 앤드루는 그 길이 다른 길보다 더 멀다고 했다. 그러자 패트
릭은 앤드루를 우물에 빠뜨려 버리겠다고 했다. 몸이 약한 앤드
루는 그 말에 울음을 터뜨렸다. 런던으로 돌아가는 비행기 밖으
로 앤드루를 집어 던지겠다고도 했다. 그러자 엉엉, 엉엉, 엉엉.
패트릭은 비행기를 타지 않을 텐데도 객실 바닥 아래 숨어 있다
가 앤드루가 앉은 자리를 톱으로 잘라내겠다고 했다. 앤드루의
유모는 패트릭을 고약한 아이라고 했고, 패트릭은 앤드루가 너
무 나약해서 그런 거라고 했다.

패트릭의 유모는 죽었다. 어머니의 친구는 유모가 하늘나라
에 갔다고 했지만, 패트릭은 장례식에 갔었기 때문에 사람들이

그녀를 나무 상자에 넣어 구덩이에 떨어뜨렸다는 것을 아주 잘 알고 있었다. 하늘나라는 반대쪽이므로, 소포를 보내는 것과 같은 게 아니라면 그 여자는 거짓말을 한 것이다. 사람들이 유모를 상자에 넣을 때 어머니는 많이 울었다. 자기 유모가 생각나서 그랬다고 했다. 멍청하기는. 자기 유모는 아직 살아 있었는데. 사실 그들은 기차를 타고 어머니의 유모를 보러 다녀온 적이 있었다. 그처럼 따분한 일이 또 있으랴 싶었다. 그 유모는 굉장히 두껍고 폭신폭신한 빵 한가운데 잼은 조금만 있는 형편없는 케이크를 내왔다. "네가 이거 좋아하는 걸 내가 알지." 그전번에 갔을 때 좋아하지 않는다고 했는데도 그런 거짓말을 했다. 그들은 그걸 스펀지케이크라고 불렀다. 그래서 그게 목욕할 때 필요한 거냐고 패트릭이 묻자 어머니의 유모는 끊임없이 웃더니 패트릭을 한참 껴안고, 자기 뺨을 패트릭의 뺨에 꼭 댔다. 부엌 조리대 가장자리에 늘어진 닭의 목을 본 적이 있었는데, 유모의 피부가 그것처럼 축 늘어져서 역겨웠다.

어머니는 왜 유모가 있어야 했던 걸까? 겨우 다섯 살인 그에게는 이제 유모가 없는데. 아버지는 그를 보고 이제는 작은 남자가 되었다고 했다. 패트릭은 세 살 때 영국에 갔던 일을 기억하고 있었다. 겨울이었고 그는 처음으로 눈을 보았다. 석조 다리 옆길에 서 있었던 일도 기억했다. 그 길은 서리로 덮였고 들판은 눈으로 덮였고 하늘은 환하게 빛났다. 길과 산울타리는 햇

빛에 반짝거렸다. 유모는 파란색 모직 장갑을 낀 패트릭의 손을 잡고 있었다. 두 사람은 그렇게 꼼짝하지 않고 한참 동안 다리를 바라보았다. 패트릭은 그 추억을 자주 떠올렸다. 유모와 자동차 뒷좌석에 타고 있었던 일도. 그때 무릎을 베고 누워 위를 보자 유모는 웃음을 지었다. 유모의 머리 뒤에 펼쳐진 하늘은 드넓고 푸르렀다. 그러다 그는 잠이 들었다.

패트릭은 월계수나무 옆으로 난 가파르고 좁은 비탈길을 따라 올라가 우물가로 갔다. 우물가에서 노는 것은 금지되었지만, 패트릭이 가장 좋아하는 놀이터였다. 썩은 뚜껑 위에 올라가 트램펄린을 상상하고 펄쩍펄쩍 뛸 때도 있었다. 아무도 그곳에 못 가게 막을 수는 없었다. 그렇다고 누가 번번이 막으려 하지도 않았다. 기포가 생겨 분홍색 페인트칠이 벗겨진 나무는 색이 거무스름했다. 뚜껑이 위태롭게 삐걱거리면 가슴은 더 빨리 뛰었다. 패트릭은 뚜껑을 열 힘은 없었다. 어쩌다 뚜껑이 열려 있을 때는 돌과 흙덩어리를 모아 우물에 던져 넣었다. 그러면 곧 첨벙하고 수면을 깨고는 암흑 속에 잠기는 굵고 낮은 소리가 울렸다.

패트릭은 좁은 비탈길 꼭대기에 올라섰을 때 승리의 검을 번쩍 쳐들었다. 우물 뚜껑이 열려 있었던 것이다. 패트릭은 적당한 돌을 찾으려고 주위를 살폈다. 최대한 크면서 들 수 있고, 최대한 둥근 돌이라야 했다. 주변 밭을 뒤져 두 손으로 들 만한 붉은 돌을 발견했다. 그것을 우물 가장자리의 반반한 면에 놓고, 그 옆에 손을 짚고 뛰어 상체를 우물 안쪽으로 꺾었다. 그러면 발이 땅에 닿지 않았다. 깊은 곳에 물이 숨어 있는 걸 알고, 최대한 몸을 기울여 어두운 아래를 내려다보았다. 그런 다음 왼손으로 가장자리를 잡아 몸을 의지하고 오른손으로 돌을 밀어 떨어뜨렸다. 곧 첨벙 소리가 나고, 깨진 수면이 하늘의 빛을 포착해 그것을 불안정하게 언뜻언뜻 반사했다. 둔중하고 검은 물이 기름 같아 보였다. 몸을 안으로 충분히 들이밀고 소리를 내면 축축한 메아리가 들렸다.

패트릭은 우물 가장자리 위에 올라서기로 마음먹었다. 많이 닳은 파란 샌들 발끝으로 우물의 돌 틈을 딛고 올랐다. 뚜껑이 열린 우물 가장자리에 서 보고 싶었다. 전에도 앤드루가 볼 때 모험 삼아 한번 그래 본 적이 있었다. 앤드루는 우물 옆에 서 있기만 했다. "하지 마, 패트릭, 내려와, **제발** 하지 마." 앤드루는 겁을 먹었지만 패트릭은 달랐다. 지금은 혼자 있어서인지 어지러웠다. 우물 구멍을 뒤로 하고 가장자리에 쪼그리고 앉아 있다가 천천히 일어섰다. 똑바로 서자 등 뒤의 공허가 목덜미를 잡아당기며 유혹하는 것 같은 기분이 들었다. 조금만 움직이면 분명히 미끄러질 것 같았다. 휘청거리지 않기 위해 주먹을 꼭 쥐고 발끝을 꽉 오므린 채 우물가의 단단한 땅을 뚫어지게 바라보았다. 옆에 놓아둔 검을 집어 들어 정복을 완성하고 싶었다. 패트릭은 조심조심 허리를 구부렸다. 팔다리를 꼼짝 못 하게 하는 두려움에 저항해 굉장한 의지력을 기울였다. 결국 긁히고 파인 검의 회색 날을 잡았다. 일단 검을 잡자 주저하면서 무릎을 굽히고 앞으로 훌쩍 뛰어내려 만세 하고 소리를 지르고, 쇠가 부딪치는 소리를 내면서 가상의 적들에게 검을 휘둘렀다. 월계수 이파리를 검의 등으로 세게 친 다음, 그 아래의 허공을 찌르고는 소름 끼치는 신음 소리를 내며 옆구리를 움켜잡았다. 로마 군단이 야만인들의 기습을 받아 박살 나려는 찰나에 자주색 망토의 특수 부대 사령관인 자신이 나타나 누구보다 용감하게 싸워서 예상치 못한 패배를 면하게 해 주는 상상을 좋아했다.

패트릭은 숲속을 거닐 때는 자주 아이반호를 생각했다. 패트릭이 가장 좋아하는 만화의 주인공이었다. 아이반호는 좌우 나뭇가지들을 베며 지나갔다. 패트릭은 소나무 옆으로 돌아 지나가야 했지만 자기에게 스스로 길을 틀 힘이 있다고 상상했다. 그리고 당당하게 성큼성큼 걸어 숲을 지나 다랑이 끝에 서서 좌우의 나무들을 단칼에 베어 넘어뜨렸다. 패트릭은 책에서 읽은 것에 대해 많은 생각을 했다. 한 감상적인 그림책에서 무지개에 대해 읽고는 비가 내린 뒤 런던 거리의 길바닥에 무지개가 보이기 시작했다. 젖은 아스팔트에 떨어진 자동차 기름이 자주색, 파란색, 노란색 빛을 띠고 띄엄띄엄한 곡선을 그리며 부채꼴로 번졌다.

오늘은 숲속으로 들어갈 마음이 내키지 않아 다랑이들을 모두 뛰어서 내려가 보기로 했다. 하지만 어떤 다랑이들은 벽이 너무 높기 때문에 일단 가장자리에 걸터앉아 검을 아래로 던진 다음, 모서리를 잡고 몸을 내려 발이 최대한 바닥에 가까워졌을 때 뛰어내렸다. 신발 속에 포도나무 주변의 마른 흙이 들어가 두 번이나 신발을 벗어 흙과 잔돌을 털어 내야 했다. 골짜기 바닥에 가까워질수록 다랑이 폭은 더 넓어지고 높이는 더 낮아져서 선 채로 뛰어내릴 수 있었다. 패트릭은 마지막 다랑이에 이르러서는 숨을 돌린 뒤 뛰어내렸다.

때로는 슈퍼맨이나 다름없다는 기분이 들 정도로 멀리 뛰어 내렸고, 때로는 알자스 셰퍼드에게 쫓기는 상상을 하고 더 빨리 달렸다. 바람이 세게 부는 어느 날 가족이 모두 조지 와트퍼드의 집에 점심을 먹으러 갔을 때 바닷가에서 알자스 셰퍼드에게 쫓긴 적이 있었다. 패트릭은 어머니에게 산책 가게 허락해 달라고 졸랐다. 바위에 병을 내리치듯 바닷물이 바람에 파열되는 것을 구경하는 게 좋았기 때문이다. 다들 너무 멀리는 가지 말라고 했지만, 패트릭은 바닷가 바위들이 있는 곳까지 가고 싶었다. 바닷가로 내려가는 모랫길을 따라가는데, 언덕 꼭대기에 털이 긴 알자스 셰퍼드가 나타나 패트릭을 향해 짖어 댔다. 패트릭은 개가 다가오는 걸 보고 달리기 시작했다. 처음에는 굽은 길을 따라 달리다가 나중에는 길에서 벗어나 모래 언덕 경사면으로 뛰어 내려갔다. 발을 자주 떼며 뛰다가 점점 넓은 보폭으로 뛰었다. 양팔을 펼치고 바람을 거슬러 언덕을 달려 내려가 파도가 가장 높이 치는 바위에 둘러싸인 반원 모양의 모래밭에 이르렀다. 뒤를 돌아보니 개는 멀리 언덕 위에 있었다. 패트릭은 자기가 너무 빨라서 개가 절대로 따라잡지 못한다는 걸 알았다. 그러나 나중에는 개가 쫓아오려고나 했을까 하는 생각이 들었다.

패트릭은 헐떡이며 마른 강바닥에 도착했다. 그리고 좌우에 연두색 대나무 덤불이 있는 커다란 바위 위로 올라갔다. 패트릭은 그곳에 앤드루를 데리고 가서 자기가 만든 놀이를 한 적이 있다. 바위 위에서 상대방을 밀어 떨어뜨리는 놀이로, 그들은 한쪽에는 면도날 조각이 가득한 구덩이, 다른 한쪽에는 꿀이 가득한 못이 있는 체했다. 그래서 한쪽으로 떨어지면 산산조각으로 찢겨 죽고, 다른 한쪽으로 떨어지면 끈적한 황금빛 꿀의 못에서 헤엄치다 익사하는 놀이였다. 매번 물러 터진 앤드루가 떨어졌다.

앤드루의 아버지도 다소 무른 사람이었다. 런던에서 앤드루 생일 파티에 갔을 때의 일이다. 거실 한복판에 놓인 커다란 상자 속에 초대받은 아이들에게 줄 선물이 가득 들어 있었다. 아이들은 모두 줄을 서서 선물을 하나씩 골라 가지고 가서 서로 비교했다. 패트릭은 다른 애들과 달리 자기 것을 의자 밑에 감추고, 다시 가서 한 개를 더 가지려고 했다. 반짝이는 포장지에 싸인 걸 또 하나 찾으려고 몸을 구부리고 기웃거리는데, 앤드루 아버지가 옆에 쪼그리고 앉더니 이렇게 말했다. "너 좀 전에 하나 가져가지 않았니, 패트릭?" 화내지 않고 사탕을 권하는 듯한 목소리였다. "다른 친구들 걸 가져가면 공평하지 않겠지?" 그러자 패트릭은 도전적인 얼굴로 앤드루 아버지를 똑바로 쳐다보았다. "아직 가져가지 않았어요." 이 말에 앤드루 아버지는 무척 슬프고 물러 보이는 표정을 지었다. "그래 알겠다, 패트릭. 하지만 이거 외에 또 가져가지 않기를 바란다." 그렇게 해서 패트릭은 두 개를 가졌지만, 더 가지고 싶었기 때문에 앤드루 아버지가 미웠다.

이제 바위 놀이를 혼자 할 수밖에 없는 패트릭은 바위의 한쪽 가장자리에서 반대쪽 가장자리로 점프하고 요란한 동작으로 균형 감각을 시험했다. 바위에서 떨어지면, 속임수인 줄 알면서도 떨어지지 않은 체했다.

패트릭은 가까운 나무에 매단 그넷줄을 미심쩍은 눈으로 바라보았다. 프랑수아가 강바닥 위로 드리운 나뭇가지에 매달아준 그네였다. 패트릭은 갈증이 나자 포도밭 트랙터가 다니는 길을 따라 집으로 올라가기 시작했다. 검이 귀찮은 짐이 되자 골을 내며 겨드랑이에 꼈다. 패트릭은 아버지의 우스운 표현이 생각났다. 조지에게 한 말이었다. "제멋대로 줄을 쓰게 내버려 두면 그걸로 제 목을 매달 거야."* 패트릭은 처음엔 그 말이 무슨 뜻인지 몰랐지만, 프랑수아가 나무에 그네를 매다는 데 쓴 줄을

* 너무 많은 자유를 주면 어리석은 행동으로 신세를 망친다, 라는 뜻의 격언.

가리키는 것이리라는 확신이 들자 번득 두려움과 수치심이 머리를 스쳤다. 그날 밤 패트릭은 문어 다리로 변한 줄에 목이 감기는 꿈을 꾸었다. 문어 다리를 자르려고 했지만 장난감 검이라 그럴 수 없었다. 사람들이 나무에 매달린 패트릭을 발견했을 때 어머니가 펑펑 울었다.

깨어 있을 때도 어른들의 말이 무슨 뜻인지 알기 힘들었다. 그러나 언젠가 패트릭은 그들이 어떻게 행동할지 추측할 방법을 생각해 냈다. '안 돼'는 '안 돼', '어쩌면'은 '경우에 따라서', '그래'는 '어쩌면', '경우에 따라서'는 '안 돼'를 뜻했다. 그러나 이 공식이 잘 들어맞지 않자 어쩌면 모든 말은 '경우에 따라서'를 뜻한다고 결론지었다.

내일은 통을 들고 포도를 수확하는 사람들로 다랑이들이 붐빌 것이다. 지난해에는 프랑수아가 패트릭을 트랙터에 태워 주었다. 프랑수아는 손힘이 굉장히 세고 단단하기는 나무와도 같았다. 프랑수아는 웃을 때 금니가 보이는 이베트의 남편이었다. 패트릭은 두세 개가 아니라 모든 이를 금으로 만들어 가질 생각이었다. 패트릭이 간혹 부엌에 앉아 있으면 이베트는 조리 중인 음식을 맛보게 해 주었다. 토마토가 든 고깃국을 가져와 여러 숟가락 떠먹이며 "Ça te plait맛있어?" 하고 물었다. 그렇다고 끄덕이면 이베트의 금니가 보였다. 지난해에는 프랑수아가 트레일러에 실은 두 개의 커다란 포도 통 옆에 패트릭을 앉혔다. 가파르고 울퉁불퉁한 길을 갈 때는 프랑수아가 뒤돌아보고 "Ça va괜찮아?" 그러면 패트릭은 트랙터 엔진 소리, 트레일러의 덜거덕 소리, 브레이크의 끼익 하는 소리보다 더 크게 "Oui, merci네!" 하고 외쳤다. 포도주를 만드는 곳에 도착했을 때 패트릭은 몹시 신이 났다. 그 안은 어둑하고 서늘했다. 바닥에는 물이 뿌려져 있었다. 포도즙이 술로 변하는 강렬한 냄새가 났다. 거대한 실내였다. 프랑수아는 패트릭을 데리고 사다리를 통해 연결 통로로 올라갔다. 그것은 포도즙 압착기와 큰 통들 위로 지나가는 철제 다리였다. 구멍이 있는 발판을 딛고 그렇게 높은 데 서 있는 기분이 이상했다.

패트릭은 포도즙 압착기 위에 이르자 아래를 보았다. 두 개의 강철 롤러가 맞물려 한 치의 틈도 없이 서로 반대 방향으로 돌았다. 포도즙으로 얼룩진 롤러들은 요란한 소리를 내며 포도를 압착했다. 공중 통로 난간의 하단은 겨우 패트릭의 턱 높이였다. 무척 가까이 느껴지는 압착기를 내려다보며 사람 눈도 반투명의 무른 젤리로 이루어진 포도송이 같다는 생각이 들었다. 그러자 얼굴에서 눈이 떨어져 나가 압착기 롤러에 으깨질 것만 같았다.

집에 도착한 패트릭은 평소대로 행운의 오른쪽 층계로 올라가 무화과나무에 사는 개구리를 보려고 정원 쪽으로 방향을 꺾었다. 개구리를 보는 건 아주 운이 좋은 징조였다. 밝은 초록색

거죽은 무화과나무의 부드러운 회색 껍질에 대비되어 한층 더 매끄러웠다. 하지만 개구리가 무화과나뭇잎 속에 있을 때는 색이 거의 같아서 찾기가 힘들었다. 사실 개구리를 본 건 단 두 번뿐이었다. 처음 보았을 때는 모나게 뼈만 앙상한 몸, 어머니의 누런 목걸이에 박힌 구슬처럼 툭 튀어나온 눈, 나무줄기에 가만히 붙어 있게 해 주는 앞다리의 빨판, 보석처럼 섬세한 몸, 그러나 호흡할 때는 보석보다 더 탐욕스럽게 부푸는 옆구리를 꼼짝 않고 한없이 들여다보았다. 그 개구리를 다음에 다시 보았을 때는 집게손가락 끝으로 조심스럽게 머리를 만졌다. 개구리는 움직이지 않았다. 그래서 패트릭은 개구리가 자기를 신뢰한다고 느꼈다.

오늘은 개구리가 안 보였다. 그러자 패트릭은 지친 듯 손으로 무릎을 짚으면서 마지막 두 번째 계단을 마저 올라갔다. 벽을 따라 옆으로 돌아가 손을 위로 뻗어 문고리를 잡고 끼익, 부엌문을 열었다. 부엌에 있으리라고 생각한 이베트가 없었다. 냉장고를 열 때 화이트 와인과 샴페인 병들이 서로 부딪쳐 짤랑짤랑 소리가 났다. 냉장고를 닫고 뒤돌아 식료품 저장실로 가서 아래쪽 선반 구석에 있는 미지근한 초콜릿 우유를 두 병 찾았다. 여러 차례 시도한 끝에 뚜껑을 열고 위안을 주는 음료를 병째 마셨다. 이베트가 병에 입을 대고 마시지 말라고 한 적이 있었다. 패트릭은 우유를 마시고 나서 괜히 몹시 슬퍼져 몇 분 동안 발을 대롱거리며 조리대에 걸터앉아 물끄러미 바닥을 내려다보았다.

피아노 소리가 들려왔다. 좀 떨어져 있고 문들이 닫혀 있어서 작게 들렸다. 처음엔 그 소리에 주의를 기울이지 않았지만 얼마 뒤에 아버지가 패트릭 자신을 위해 작곡한 곡임을 알아챘다. 패트릭은 조리대에서 뛰어내려 달렸다. 복도로 이어지는 현관을 지나자 달리다 말고 말의 느린 구보처럼 거실로 걸어 들어가 아버지의 연주에 맞춰 춤을 추었다. 우렁찬 군대 행진곡에 한바탕 귀에 거슬리는 고음을 겹쳐 놓은 것 같은 격렬한 음악이었다. 한 발로 뛰다가 두 발을 모으고 깡충 뛰기도 하며 탁자와 의자를 피해 피아노 주위를 돌다가 연주가 그치자 패트릭도 동작을 멈췄다.

"우리 미스터 마스터 맨*은 오늘 어떻게 지내고 있지?" 아버지가 패트릭을 골똘히 바라보며 물었다.

"잘 지내요." 패트릭은 대답하면서 함정 질문일까 생각했다. 숨이 가빴지만 아버지 앞이니만큼 정신을 집중해야 한다는 걸 알고 있었다. 세상에서 가장 중요한 게 무엇이냐는 패트릭의 질문에 아버지는 "뭐든지 관찰하는 것"이라고 대답한 바 있었다. 아버지의 가르침을 잊을 때가 많았지만 아버지와 함께 있을 때

* Master Man. 1930~1940년대에 나온 만화의 슈퍼히어로 캐릭터.

는 특별히 무얼 봐야 하는지 알 수 없어 주위를 주의 깊게 바라보았다. 패트릭은 검은 선글라스에 가린 아버지의 눈을 살폈다. 아버지의 눈은 늘 물건에서 물건으로, 사람에게서 사람으로 옮겨 갔다. 그럴 때 잠깐씩 각 대상에 시선을 멈추고, 거기서 중요한 무엇을 훔치는 것 같았다. 도마뱀붙이가 날름 내미는 혀처럼, 점착성의 재빠른 시선이었다. 패트릭은 아버지와 있을 때는 모든 것을 진지한 얼굴로 바라보았다. 자기가 아버지의 눈을 살피듯 자기 눈을 누가 보면 진지해 보이길 바라면서.

"이리 와 봐."

패트릭이 아버지에게 다가섰다.

"내가 네 귀를 잡아 들어 올려 볼까?"

"아뇨."

패트릭이 외쳤다. 그들의 놀이 같은 것이었다.

아버지는 집게손가락과 엄지로 패트릭의 양쪽 귀를 꽉 잡았다. 패트릭은 아버지의 손목을 감아 잡았다. 처음에는 아버지가 귀를 잡은 채 패트릭을 들어 올리는 시늉만 했지만, 패트릭은 그 긴장 때문에 팔에 잔뜩 힘이 들어갔다. 그때 아버지가 일어섰고, 패트릭은 아버지와 같은 눈높이로 들렸다.

"그 손 놔 봐."

"싫어요." 패트릭이 외쳤다.

"네가 손 놓으면 나도 동시에 너를 놓을게." 아버지가 설득력 있게 말했다.

패트릭이 아버지의 손목을 놓았다. 그러나 아버지는 패트릭의 귀를 놓지 않았다. 잠깐 동안 양쪽 귀에 온 체중이 실렸다. 패트릭은 재빨리 아버지의 손목을 도로 잡았다.

"아야! 놔준다고 했잖아요. **제발**, 놔주세요."

패트릭의 다리는 여전히 허공에서 대롱거렸다.

"너, 오늘 아주 유익한 교훈을 배운 거야. 항상 혼자 힘으로 생각해. 남이 네 대신 중요한 결정을 내리게 하지 말아라."

"제발 놔주세요. 제발."

패트릭은 금방이라도 울음이 나올 것 같았다. 그러나 자포자기하는 마음을 억눌렀다. 팔 힘이 떨어졌지만, 아버지의 손목을 쥔 손을 풀면 귀가 찢어질 것 같았다.

"놔준다고 **말했잖아요**! 놔준다고!" 패트릭이 소리 질렀다.

아버지가 패트릭의 귀를 놓았다.

"훌쩍이지 마. 보기 안 좋잖아."

아버지는 따분하다는 듯이 말하고, 다시 피아노 앞에 앉아 행진곡을 연주했지만, 패트릭은 춤추지 않았다.

패트릭은 거실에서 뛰쳐나갔다. 현관을 통해 부엌을 지나 밖으로 나가 테라스를 가로질러 올리브나무 숲 옆길을 따라 뛰어가다 소나무 숲속으로 들어갔다. 그리고 가시덤불을 찾아 몸을 구부려 그 아래로 들어가 낮은 경사면을 미끄럼 타듯 내려갔다.

패트릭에게 최고의 비밀 은신처였다. 하늘을 가리는 가시덤불 아래, 잡목에 둘러싸인 소나무에 기대어 바짝 웅크리고 앉아 흐느낌을 그치려고 애썼다.

여기 있으면 아무도 나를 찾지 못해, 패트릭은 생각했다. 발작처럼 복받치는 가슴을 가다듬지 못해 숨을 들이쉴 때 목이 메었다. 그것은 마치 스웨터를 뒤집어쓰고 머리를 목둘레로 뺀다는 걸 잘못해서 소매에 쑤셔 넣다가 온통 꼬이게 되었을 때, 머리를 빼지 못하고 숨을 잘 쉴 수 없었던 때와도 같았다.

아버지는 왜 그랬을까? 누구도 다른 사람에게 그러면 안 될 텐데, 패트릭은 생각했다. 누구도 다른 사람에게 그러면 안 될 텐데.

겨울철에는 물웅덩이가 얼어 표면 아래 기포들이 갇힌 것을 볼 수 있었다. 공기가 얼음에 잠겨 나오지 못하고 밑에 붙들려 있는 것이다. 패트릭은 그게 싫었다. 그건 너무 불공평했다. 그래서 항상 얼음을 깨뜨려 기포를 자유롭게 해 주었다.

여기 있으면 아무도 나를 찾지 못해, 패트릭은 생각했다. 그러자 다른 생각이 뒤따랐다. 내가 여기에 있는 걸 아무도 찾지 못하면 어떻게 될까?

3

빅터는 아래층 자기 방에서 아직 잠자고 있었다. 앤은 빅터가 계속 잠들어 있기를 바랐다. 그들은 같이 산 지 1년도 되지 않았는데 각방을 썼다. 빅터에게 별다른 문제가 있어서가 아니라 코를 골아서 앤이 밤새도록 잠을 못 자기 때문이었다. 앤은 가파르고 좁은 계단을 따라 둥글게 휜 하얀 벽에 손끝을 댄 채 맨발로 내려갔다. 모서리의 칠이 벗겨진 에나멜 주전자 주둥이의 휘파람 소리를 끄고 최대한 조용히 커피를 내렸다.

밝은 주황색 접시, 익살맞게 싱긋 웃는 수박 조각 무늬의 마른 행주들이 보이는 부엌에는 지친 열의가 넘치는 듯한 분위기가 있었다. 그것은 빅터의 전처 일레인이 값싸게 꾸민 환희의 보금자리였다. 빅터는 일레인의 천박한 취향에 항의할까 하는 생각과 그런 항의는 천박한 짓일지 모른다는 걱정 사이에서 괴로워했다. 어차피 누가 부엌 용품에 관심을 기울이는 것도 아닌데! 부엌 용품이 뭐 중요해? 무관심이 더 품위 있지 않나? 실수라도 자기가 저지르는 것이라면 얼마든지 할 수 있다는 자신감이 훌륭한 취향보다 낫다는 데이비드 멜로즈의 확신에 빅터는 늘 감탄했다. 빅터는 바로 그 지점에서 늘 갈팡질팡했다. 며칠 또는 몇 분 동안 독단적인 무례함을 행사하는 쪽을 택하더라도 그때마다 언제나 면밀하게 신사도를 체현하는 쪽으로 다시 돌아섰다. 'épater les bourgeois'*라는 말에 따르는 건 그럴듯해 보이지만, 자기가 중산 계급에 속한다면 그로써 얻는 흥분은 양날의 검인 것이다. 빅터는 성공은 왠지 천박하다는 데이비드 멜로즈의 확신을 자신은 획득할 수 없으리란 걸 잘 알고 있었다. 가끔 데이비드의 권태와 경멸적인 태도는 실패한 인생을 아쉬워하는 마음을 감추기 위한 것이리라는 생각에 이끌리다가도, 이 단순한 생각은 위압적인 데이비드 면전에 서기만 하면 곧 사라졌다.

빅터처럼 똑똑한 사람이 그런 작은 바늘에 낚일 수 있다는 게 앤으로서는 너무 놀라웠다. 앤은 커피를 따르면서 일레인에 대한 이상한 동정심을 느꼈다. 일레인을 만난 적은 없지만 앤은

★ 　마약과 독주, 기행 따위로 '중산 계급에게 충격을 주자!'는 뜻으로, 19세기 프랑스 데카당 시인들의 구호였다.

빅터의 전처가 무엇 때문에 스누피 머그잔 세트에서 위안을 찾는 지경에 몰렸는지 이해하게 되었다.

《뉴욕 타임스》런던 지국의 앤 무어가 인터뷰를 위해 저명한 철학자 빅터 아이즌 경을 찾아갔을 때 현관 테이블에는 비에 젖어 빛깔이 진해진 펠트 모자가 놓여 있었다. 빅터가 조끼 주머니에서 회중시계를 꺼내 보는 것을 보고 앤은 구식 제스처라고 생각했다.

"야아, 정확히 시간 맞춰 오셨군요. 나는 시간 엄수를 높이 평가합니다."

"오, 잘됐네요. 그렇게 생각하지 않는 사람들이 많아요."

인터뷰는 잘됐다. 너무 잘된 나머지 그날 오후 늦게 침실로 자리를 옮겨서도 계속되었다. 그날 이후로 앤은 작위와 더불어 에드워드 7세 시대 같은 복장, 허세 부리는 집, 피로 얼룩진 일화들을 유대인 지식인들이 전통적인 영국 생활의 풍경 속에 융합하기 위해 갖춰야 할 위장의 일부라는 자발적인 해석을 내렸다.

그 뒤 몇 달 동안 빅터와 런던에서 살면서도 앤은 그 관대한 해석마저 낙관적인 것으로 보이게 하는 모든 증거를 무시했다. 수요일 밤 브리핑으로 시작되는 그 끝없는 주말들을 예로 들 수 있었다. 대지는 몇 에이커고, 몇 세기를 거슬러 올라가는 집안이고, 하인은 몇이나 되는지 하는 것들. 목요일 저녁은 추측하는 일에 쓰였다. 즉 이번에는 총장이 오지 않을까 바라고 또 바란 다든가, 제럴드가 휠체어 신세를 지게 되었는데도 총사냥을 할 수 있을까 하는 것들. 금요일에는 운전해 가면서 주의 사항들을 전달했다. "이 집에선 여행 가방 **풀지 마**." "사람들한테 자꾸 직업 이 뭐냐고 **묻지 마**." "지난번처럼 **집사 기분** 좀 **묻지 마**." 토요일과 일요일에 있었던 일들의 줄기와 껍질에서 마지막 신맛 나는 즙 한 방울까지 다시 짜내는 화요일이 되어서야 주말이 끝났다.

런던에 있으면 빅터의 똑똑한 친구들을 만났지만, 주말에는 부유하고 대체로 멍청한 사람들과 지냈다. 빅터는 **그들의** 똑똑 한 친구였다. 그들의 포도주와 그림을 보고 진가를 알아보듯 만 족스러운 표시를 하면 그들은 이렇게 말을 꺼내는 경우가 많았 다. "빅터가 설명해 줄 수 있을 텐데……" 앤은 그들이 빅터에게 재기 넘치는 말을 시키려 하고 빅터는 빅터대로 더 그들을 닮으 려고 애쓰는 것을 지켜보았다. 빅터는 지역 유지에 대한 공경의 언동도 그들을 따라 했다. 제럴드가 총사냥을 **그만두지 않았다니** 정말 굉장하지 않아요? 제럴드 어머니를 보면 놀랍지 않아요? 아흔둘의 연세에 총명하시고 여전히 정원 일을 부지런히 하시 니. 그리고 빅터는 숨을 휴, 내쉬고 이렇게 말했다. "내가 다 지 칠 정도라니까요."

빅터는 그렇게 밥 먹는 값을 치렀어도 적어도 먹는 것은 즐겼 다. 앤이 무시하기 더 힘들었던 건 빅터의 런던 집 문제였다. 덜

비싼 지역에 있는 자기 소유의 집을 팔고, 그 돈으로 나이츠브리지의 어느 커브길에 있는 놀랍도록 크고 하얀 스투코 집을 15년 계약으로 임대했다. 그리고 이제 계약 기간은 7년밖에 남지 않았다. 앤은 한사코 이 정신 나간 거래를 철학자들의 특징으로 잘 알려진 멍청한 정신 탓으로 돌렸다.

7월에 이곳 라코스트에 와서야 빅터와 데이비드의 관계를 보고 앤의 충의가 사그라들기 시작했다. 앤은 빅터가 사회적 승인을 얻는 대가로 얼마나 많은 시간을 허비하려는 건지, 게다가 왜 그런 시간을 데이비드에게 쓰고 싶어 하는 건지 생각하기에 이르렀다.

빅터의 말에 따르면, 그들은 '정확한 동시대인'이었다. 그것은 학창 시절 빅터의 존재를 알지 못했지만, 나이가 막연히 비슷한 사람이면 누구에게나 붙는 명칭이었다. "이튼에서 알던 친구야"라는 말은 그 사람에게 잔인하게 조롱당했다는 걸 의미했다. 빅터는 학자들 중 학창 시절 자기와 친구였던 사람으로 두 명을 언급했지만, 그들과 친분을 유지하지는 않았다. 그중 한 사람은 케임브리지 대학교 학장이고 다른 하나는 공무원인데, 이 공무원은 직무가 분명치 않아서 널리 스파이로 간주되었다.

앤은 그 시절의 빅터를 상상할 수 있었다. 빅터는, 제1차 세계 대전 후에 오스트리아를 떠나 햄프스테드에 정착해 나중에 프로이트에게 집을 구해 주는 친구를 도운 부모를 둔 걱정 많은 학생이었을 것이다. 데이비드 멜로즈에 대한 앤의 인상은 빅터가 들려준 이야기와 영국의 특권에 대해 미국인이 가진 상상도의 혼합으로 형성되었다. 앤은 데이비드를 거대한 집에 사는 신격화된 인간, 마을 크리켓 팀을 상대하는 첫 타자 또는 빅터는 들어가지 못한 팝 회원이었기 때문에 입을 수 있는 별난 조끼를 입고 빈둥거리기나 하는 사람으로 상상했다. 이 팝 문제를 심각하게 받아들이기 힘들었지만 불행히도 빅터는 어째서인지 그렇게 받아들였다. 앤이 이해하는 한, 팝 회원이 된다는 건 축구부 영웅이 되는 것과 같았지만, 다른 점은 치어리더와 재미를 보는 게 아니라 토스트를 태웠다는 이유로 하급생을 때리는 짓이나 하는 것이었다.

오랫동안 빅터한테서 많은 칭송을 들은 끝에 데이비드를 처음 만났을 때 앤은 오만함을 보았고, 데이비드의 상실된 성공의 기대와 실패를 둘러싼 화려한 분위기에 마음을 뺏기기에는 자기가 너무 미국인스럽다고 결론지었다. 앤은 데이비드가 엉터리라는 인상을 받았다. 빅터는 그 말을 듣고 못마땅해서 근엄한 얼굴로 데이비드는 자신의 처지를 명료하게 보기 때문에 고통을 받는 것이라고 항변했다. 그러자 앤은 이렇게 물었다. "그럼 데이비드는 자기가 지겨운 인간이란 걸 **안다**는 거예요?"

앤은 다양한 크기의 자줏빛 하트 무늬가 있는 따끈한 주황색 머그잔으로 손을 덥히며 계단 쪽으로 갔다. 앞마당 플라타너스

두 그루 사이에 매단 해먹에 누워 하루 종일 책이나 읽고 싶었지만 엘리너와 공항에 나가기로 약속했다. 이 미국 여자들끼리의 외출은 멜로즈 부부와 어울리고자 하는 빅터의 억누를 수 없는 욕구에 의해 강요된 것이었다. 앤이 진짜로 좋아하는 멜로즈 가족은 패트릭뿐이었다. 다섯 살인 패트릭은 아직 약간의 열의가 있는 아이였다.

처음에는 엘리너의 연약함에 마음이 움직이기는 했지만 늘 술에 젖어 있는 모습이 이제는 몹시 짜증스러웠다. 그뿐만 아니라 앤은 사람들의 도덕적 결함을 지적하는 버릇도 버릇이지만 사람들을 구하고자 하는 생각을 드러내지 않게 조심해야 했다. 특히 여자가 확고한 의견을 가지는 것, 그것으로 그들을 변호하는 경우는 예외로 하고, 그것만큼 영국 남자들의 신경을 거슬리게 하는 건 없다는 사실을 알았기 때문이다. 앤은 가장 높은 패를 쥐고도 늘 낮은 패에 지는 기분이 들었다. 낮은 패로는 험담이나 진실되지 못한 의견의 언급, 부적절한 말장난, 진지한 가능성을 없애 버리는 것이면 무엇이든 다 쓰였다. 앤은 어리석음으로 승리를 보장받는 사람들의 견딜 수 없는 미소가 지겨웠다.

그런 것을 깨달은 후에는 영국 공작 조지 와트퍼드에게 장단을 맞춰 주는 체하기가 상대적으로 쉬워졌다. 탈세를 위해 국외로 이주한 와트퍼드는 멜로즈 부부의 집에서 주말을 보내러 해안 지방에서 올라왔었다. 와트퍼드는 믿기 힘들 정도로 끝이 홀

쭉한 구두를 신고 있었다. 미세한 잔주름으로 덮인 얼굴은 그가 팔아 치워 전 국민을 깜짝 놀라게 한 명화의 광택면 같았다. 앤이 생각하기에 영국인들은 왕실의 공작들에게 요구하는 게 별로 없었다. 공작들은 재산을 쥐고 있기만 하면 되었다. 최소한 널리 잘 알려진 것만이라도. 그러면 그들은 다른 사람들이 '우리 유산'이라고 부르는 것의 보호자가 되는 것이다. 앤은 거미집 같은 얼굴의 소유자인 이 인물이 자기 수중에 들어온 집의 벽에 걸려 있던 램브란트 그림들을 그대로 두는 그런 작은 일마저 해내지 못했다는 사실에 실망했다.

앤은 비제이 샤가 도착할 때까지 계속 장단을 맞췄다. 비제이는 안면만 있을 뿐, 빅터의 친구는 아니었다. 그들은 10년 전 토론회 회장인 비제이가 철학의 '시의적 의의'를 변론하는 패널로 빅터를 이튼으로 초청했을 때 처음 만났다. 그 후 비제이는 미술품 흉내를 낸 그림엽서의 세례를 퍼부어 관계를 다졌고, 런던에서 열린 파티에서도 가끔 마주쳤다. 비제이도 빅터처럼 이튼 장학생이었지만 빅터와는 달리 상당한 부자였다.

앤은 비제이의 외모에 좋지 않은 반응을 보인 게 처음엔 양심의 가책이 되었다. 생굴 빛깔의 안색과 영구한 유행성 이하선염을 앓는 것처럼 두터운 살이 축 늘어진 얼굴은 처치 곤란한 코털이 수북이 삐져나온 커다란 매부리코가 자리 잡기에는 우울하기 짝이 없는 바탕이었다. 안경알은 두껍고 네모났다. 안경을 벗으면 움푹 들어간 안경 자국이 벌겋게 드러나고 잿빛 눈두덩 가운데서 응시하는 눈의 약한 시력은 더 약해 보였다. 머리는 드라이어로 말려 빳빳하게 일으켜 세워서 검은 머랭을 얹어 놓은 모양이었다. 이렇게 태생적으로 불리한 신체 조건을 옷으로 보완하지도 못했다. 비제이가 특히 좋아하는 초록색 나팔바지가 실수였다면, 덮개 없는 주머니가 바깥에 부착되어 있고 격자무늬 때문에 정신이 없는 가벼운 재킷들에 비하면 그건 아무것도 아니었다. 그런데도 어떤 옷이든 옷을 입은 게 수영복을 입은 것보다는 나았다. 비제이의 좁은 어깨와 뻣뻣하고 검은 털이 무성한 어깨의 두꺼운 피부에서 금방이라도 튀어나올 것만 같던 하얀 농포들은 정말 혐오스러웠다.

비제이의 성품이 좀 더 매력적이었더라면 사람들은 외모에 연민을 느끼거나 심지어 무관심했을지도 모른다. 하지만 앤은 비제이와 단 며칠 지냈는데도 그 모든 소름 끼치는 생김생김은 내면의 악의가 겉으로 드러난 것이라고 확신했다. 싱글거리는 긴 입은 상스러우면서 잔인해 보였다. 그 입으로 웃을 때 보랏빛 입술은 불길에 던져진 썩은 잎처럼 뒤틀리며 일그러졌다. 자기보다 영향력이 더 크고 손위인 사람에게는 아첨하며 잘 웃었지만, 나약한 냄새를 맡으면 잔인하게 변해 그는 쉬운 먹잇감만 골라 공격했다. 목소리는 전적으로 선웃음을 위해 만들어진 듯했다. 그러나 그 목소리는 비제이가 떠나기 전날 밤 논쟁을 벌였을 때는 마치 배신당한 교사의 신랄함 같은 날카로움을 보였다. 많은 아첨꾼들이 그렇듯이 비제이는 자기가 아첨하는 사람들을 짜증 나게 한다는 걸 의식하지 못했다. 무표정한 공작을 만났을 때는 쓰러진 통에서 꼴딱꼴딱 흘러나오는 향기 좋은 시럽 같은 경의의 표시를 잔뜩 쏟아 냈다. 앤은 나중에 조지가 데이비드에게 털어놓는 불평을 엿들었다. "정말 불쾌하기 짝이 없는 사람이더군, 자네 친구 빅터가 데려온 작자 말이야. 계속 리치필드 건물의 미장 공사에 대해 말하더군. 그래서 난 그자가 안내인 일자리를 얻고 싶은 건가 했네." 조지가 경멸적으로 투덜대자 데이비드도 경멸적으로 투덜대며 대꾸했다.

작은 인도 남자가 영국 특권 계층의 괴물들에게 조롱당했으니, 통상적으로 약자의 편에 서는 앤이니만큼 가만있지 않고 힘을 발휘했겠지만, 이번 경우는 자신도 영국 특권 계층의 괴물이 되고 싶어 하는 비제이의 큰 욕망 때문에 그럴 마음이 싹 사라졌다. "사람들하며, 소음하며, 캘커타는 정말 갈 만한 데가 못 돼요." 비제이는 사람들이 솜 전투에서 영국 군인이 말했다는 이 냉정한 말을 음미할 시간을 주려고 잠시 뜸을 들였다.

환심을 사려고 아양 떠는 비제이에 대한 기억이 서서히 사라졌다. 침실 문을 밀었지만 잘 열리지 않았다. 고르지 않은 고풍스러운 바닥의 불룩한 부분에 문이 늘 걸렸다. 이것도 일레인의 유물이었다. '이 집 원래의 느낌'이란 것을 변경하길 거부했던 것이다. 바닥의 육각형 타일은 닳아서 엷은 테라코타 색이 되었는데, 문이 열릴 때마다 긁힌 곳은 더 엷었다. 앤은 커피를 엎지를까 봐 문이 걸린 채 두고 몸을 비스듬히 돌려 들어갔다. 젖가슴이 문가의 장에 스쳤다.

앤은 검은 철제 다리가 받치고 있는 둥근 대리석 테이블에 커피 잔을 내려놓았다. 일레인이 아프트시의 고물상에서 건져 의기양양하게 가지고 온 것인데 교묘하게 침대 옆 테이블로 쓰였다. 테이블이 너무 높아서 침대에 누운 채 책을 집으면 책 더미에서 엉뚱한 게 집히기 일쑤였다. 그렇게 해서 집은 책이 지난 8월 초 데이비드에게 빌린 수에토니우스의 『열두 명의 로마 황제』이곤 했는데, 그때마다 비난의 소리가 들리는 듯했다. 첫째 장인가 둘째 장까지인가 대강 훑어보긴 했지만 데이비드가 추천했다는 사실 때문에 그 책에 대해 별로 알고 싶지 않았다. 앤은 오늘 밤 책을 돌려주며 다 읽은 체하려면 정말 저녁 식사 전에 조금 더 읽어야 했다. 칼리굴라가 아내를 고문하기로 한 건, 자기가 왜 그토록 아내에게 헌신적이었는지 알아내기 위해서였다는 것이 앤이 기억하는 전부였다. 데이비드의 핑계는 무엇일까, 앤은 생각했다.

앤은 담배에 불을 붙였다. 여러 베개와 쿠션을 등에 받쳐 기대고 커피를 후루룩 마시거나 담배 연기로 장난을 치는 가운데 잠시 생각의 흐름이 점점 미묘해지면서 확장되는 느낌이 들었다. 앤의 이 즐거움에 유일하게 방해가 된 건 빅터가 쓰는 화장실에서 들려오는 물소리였다.

빅터는 우선 면도를 하고 남은 면도 크림 자국을 깨끗한 타월로 닦아 낼 것이다. 그런 다음 기름을 발라 머리털을 최대한 납작하게 눕히고, 계단 앞으로 와서는 위를 올려다보고 "앤"을 외친다. 그리고 잠시 기다린 뒤 아무런 반응이 없으면 무책임하게 그러지 말라는 듯한 목소리로 다시 "앤"을 외친다. 그래도 앤이 모습을 드러내지 않으면 "아침 먹어야지"를 외칠 것이다.

앤은 최근 그것을 가지고 빅터를 놀렸다.

"자기도 참, 안 그래도 되는데."

"안 그래도 되다니, 뭘?"

"아침 식사 준비."

"준비하지 않았는데."

"앗, 난 자기가 '아침 먹자'라고 외쳐서 아침을 만든 줄 알았지."

앤의 추측은 크게 빗나가지 않았다. 빅터는 역시 아래층 화장실에서 열심히 머리를 빗고 있었다. 하지만 언제나 그렇듯이 빗질을 하고 몇 초만 지나면 어려서부터 줄곧 고민거리가 되어 온 머리칼이 물결처럼 다시 뻗쳤다.

빅터가 쓰는 한 쌍의 헤어브러시는 상아로 만든 것으로 손잡이가 없었다. 캔에 든 면도용 거품 크림처럼 충분히 걸쭉한 거품이 일지 않는 면도용 비누를 나무 용기에 풀어 쓰는 것과 마찬가지로 상당히 불편하지만 매우 전통적인 도구였다. 금년에 쉰일곱 살이었지만 실제 나이보다 젊어 보였다. 살이 처지고, 턱과 입 주변에 탄력이 없고, 이마의 주름살이 상당히 깊이 팬 모습을 제외하면 실제 나이를 짐작할 수 없었다. 이는 가지런하고 튼튼하고 누랬다. 코가 주먹코라서 좀 더 날렵했더라면 하는 마음이 간절했지만 전체적으로 조화를 이루었다. 빛나 보이는 연회색 눈은 늘 여자들의 칭찬을 들었다. 대체로 빅터를 처음 보는 사람들은 옷을 지나치게 차려 입은 프로 권투 선수 같은 얼굴에서 낭랑한 혀짤배기소리가 나오는 걸 보고 깜짝 놀랐다.

뉴 앤드 링우드에서 산 핑크 파자마와 실크 가운, 빨간 슬리퍼 차림을 하면 빅터는 스스로 부티 나는 기분이 들었다. 창문에 압정을 꽂아 녹색 모기장을 치고 벽은 하얗게 칠한 침실에 딸린 화장실에서 나와 부엌으로 갔지만 앤을 부를 엄두를 내지 못하고 망설였다.

빅터가 부엌에서 망설이고 있는데 엘리너가 도착했다. 뷰익이 너무 길어서 좁고 굽은 진입로를 올라오지 못하기 때문에, 엘리너는 차를 언덕 기슭의 작은 소나무 숲 가장자리에 세워 두어야 했다. 이 땅은 빅터의 소유가 아니라 이웃 플로베르 씨네것이었는데, 그들은 라코스트에서 괴벽스러운 생활 방식으로 유명했다. 농사에 아직도 노새를 썼을 뿐 아니라 전기도 놓지 않고, 다 허물어져 가는 농가에서 살았는데, 그나마 방 한 칸에서만 생활하고 나머지 방은 포도주 통, 올리브유 단지, 사료 자루, 아몬드와 라벤더 더미로 가득했다. 그들은 플로베르 노부인이 죽은 뒤로는 아무것도 변경하지 않았다. 그런데 노부인도 반세기 전 유리그릇과 시계를 지참한 어린 신부로 그 집에 들어오고 나서 아무것도 변경하지 않았다.

엘리너는 그 집 사람들을 흥미로워했다. 중세 교회의 스테인드글라스 창문에 묘사되는 것 같은 간소하고 결실이 풍부한 삶, 포도로 그득한 광주리를 등에 진 포도밭 노동자들을 상상했다. 엘리너는 플로베르 집안사람을 농협 은행에서 한 명 본 적이 있었다. 그 남자는 닭의 목을 비틀어 죽일 걸 생각하는지 뚱한 느낌을 주었다. 그래도 엘리너는 플로베르 집안사람들이 우리 모두가 잊고 사는 어떤 건강한 방식으로 땅과 관계를 맺는 걸 귀히 여겼다. 물론 엘리너 자신은 땅과 건강한 관계를 맺는다는 게 어떤 것인지 잊고 살았다.

엘리너는 일부러 천천히 언덕을 올랐다. 이런, 기어를 중립에 놓은 자동차처럼 생각이 질주하고 있다. 엘리너는 땀을 삘삘 흘렸다. 마음이 흥분된 가운데 두려움이 번득번득 스쳤다. 균형을 유지하기가 너무 어려웠다. 이렇게 고속 질주로 생각을 끝맺거나 늪을 헤치고 나아가는 듯한 힘든 과정을 거쳐 문장을 완성하거나 둘 중 하나였다. 이른 여름 매미가 울 때는 좋았다. 매미가 우는 소리는 피가 귓속으로 세차게 흐르는 소리 같았다. 안팎이 바뀌는 그런 경우 같았다.

엘리너는 언덕배기에 마저 오르기 직전에 멈추어 서서, 식장에 들어서기 전 마지막으로 거울을 보고 면사포를 확인하는 신부처럼 분산된 평정을 되찾기 위해 심호흡을 했다. 엄숙했던 기분은 거의 즉시 사라지고, 몇 미터 더 가자 다리가 떨렸다. 볼의 힘줄이 무대 커튼처럼 뒤로 당겨졌다. 심장은 가슴에서 벗어나려 공중제비를 넘는 듯했다. 노란색 알약을 한번에 그렇게 많이 먹으면 안 된다는 걸 잊지 말아야 하는데. 도대체 신경안정제는 몸속에 들어가 어떻게 된 거지? 덱세드린의 과한 복용량에 압도된 듯했다. 어머, 어쩌지, 빅터가 부엌에 있네, 여느 때와 같이 의류 광고처럼 입고. 엘리너는 창가에 보이는 빅터를 향해 경쾌하고 자신감 넘치게 손을 흔들었다.

빅터는 마침내 앤을 부를 용기를 냈다. 그때 바깥에서 자갈 밟는 소리가 나서 보니 엘리너가 열렬히 손을 흔들고 있었다. 깡충깡충 뛰면서 양팔이 머리 위로 엇갈리게 손을 흔드는 엘리너의 찰랑찰랑한 금발이 좌우로 흔들거렸다. 마치 부상당한 해병이 헬리콥터의 주의를 끌려는 몸짓 같아 보였다.

엘리너는 마치 귀먹은 외국인에게 말하듯 과장된 입 모양으로 소리 내지 않고 "안녕하세요"란 말을 표시했다.

"문 열려 있어요." 빅터가 외쳤다.

그리고 현관문으로 가며, 엘리너의 원기는 정말 알아줘야 해, 하고 생각했다.

앤은 "아침 먹어야지"라고 외치는 소리를 기대하게끔 학습되어 있는데, 그 대신 "문 열려 있어요"라는 말을 듣고 놀라, 얼른 일어나서 내려가 엘리너를 맞았다.

"잘 있었어? 난 아직 옷도 안 입었는데."

"난 완전히 잠이 깼어." 엘리너가 말했다.

"여보, 가서 차 좀 끓여. 엘리너, 차 한 잔 하실래요?"

"아뇨."

앤은 차를 만들고 옷을 입으러 올라갔다. 엘리너가 일찍 와서 반가웠다. 그렇지만 흥분된 분위기와 분을 바른 얼굴이 땀에 얼룩진 것을 보니 엘리너가 운전하는 차를 탈 일이 달갑지 않았다. 앤은 자기가 대신 운전할 방법을 생각해 보았다.

엘리너는 부엌에서 담배를 입에 달랑달랑 물고 라이터를 꺼내려고 손가방을 뒤졌다. 검은 선글라스를 쓰고 있어서 가뜩이나 혼잡하고 어둑한 손가방 속 물건들을 분간하기가 더 어려웠다. 캐러멜 색 플라스틱 약통 대여섯 개가 여분의 플레이어 담뱃갑, 파란색 가죽 전화번호 수첩, 연필, 립스틱, 금색 콤팩트, 페르네트 브랑카가 가득 든 납작한 휴대용 은제 술병, 퐁 거리의 지브스 세탁소 전표가 뒤섞여 돌아다녔다. 엘리너는 조바심 내며 가방 속 물건들을 모조리 끄집어냈다. 분명히 그 속에 있을 붉은색 플라스틱 라이터가 손에 잡히지 않자 투덜투덜 혼잣말을 했다. "이런 참. 내가 미쳐 가나 봐."

"앤과 시뉴에 들러 점심을 먹을 생각이에요." 엘리너가 명랑하게 말했다.

"시뉴에요? 거긴 공항 가는 길에서 좀 벗어나는 데 아니에요?"

"우리가 가는 길은 안 그래요." 농담으로 한 말이 아니었다.

"아, 네. 그 길로 가면 아주 가깝겠죠. 그래도 좀 돌아가게 되지 않아요?"

"네. 하지만 니컬러스가 탄 비행기가 3시나 되어야 도착해요. 코르크나무 숲 경치가 좋기도 하고요." 또 세탁소 전표라니, 믿을 수 없었다. 하나만 들어 있는 게 아닌 듯했다. "수도원도 구경할 만하죠. 그럴 시간까진 없겠지만. 공항에 나갈 때 그 길로 가면 패트릭이 늘 가고 싶다고 하는 서부 개척 시대 놀이공원이 있는데, 앤이랑 거기도 들러 볼까 봐요." 뒤적 뒤적 뒤적, 약통 약통 약통. "언젠간 패트릭을 거기 데려가야 하는데. 어, 라이터 여기 있다. 책 쓰시는 건 잘돼 가요?"

"아 네, 그게, 정체성이란 게 거창한 주제라서 좀." 빅터가 능글능글 말했다.

"프로이트도 들어가요?"

이 대화는 처음이 아니었다. 빅터가 이 책을 꼭 쓰고 싶은 이유가 있다면 이 대화의 반복을 피하고 싶어서였다. "정신 분석학 관점에서 쓰는 게 아니에요."

"아, 네."

엘리너는 담뱃불을 붙였다. 잠시 이야기에 정신을 쏟을 준비를 했다.

"난 그게—그 말이 뭐더라?—뭐 아무튼, 굉장히 심리적인 걸 거라고 생각했어요. 그러니까, 생각이 그 사람을 규정한다, 라든가 하는."

"그 말, 책에 인용해야겠군요. 그건 그렇고, 이번에 니컬러스가 데려오는 아내가 넷째라고 했던가요, 다섯째라고 했던가요?"

소용없었다. 엘리너는 다시 바보 같은 기분이 들었다. 데이비드나 그의 친구들과 있으면 항상 바보 같은 기분이 들었다. "그 여자는 니컬러스의 아내가 아니에요. 셋째 아내 조지나와 헤어졌는데, 지금 여자와는 아직 결혼하지 않았어요. 브리짓이라는 그 여자를 런던에서 한 번 본 거 같은데, 별로 인상에 남진 않았어요."

앤이 내려왔다. 흰 무명 드레스를 입었는데 갈아입기 전의 흰 잠옷과 별로 다르지 않았다. 빅터는 앤이 그런 소녀 같은 드레스를 소화해 낼 만큼 아직 젊어 보인다는 생각에 내심 흐뭇했다. 그렇잖아도 넙적한 얼굴과 높은 광대뼈, 잔잔한 검은 눈 때문에 차분한 사람으로 오해하기 쉬운 인상이 흰 드레스로 더 강화되었다. 앤이 사뿐히 거실로 들어왔다. 빅터는 그런 앤을 보고 엘리너를 보자 위시포트 부인의 말이 생각났다. "웬걸, 난 살이 다 벗겨졌는데. 오래돼서 벽지가 벗겨진 벽 같아 보인다고."*

"자, 이제 언제든 출발할 수 있어."

그리고 앤은 빅터를 바라보았다.

"점심 식사 혼자 괜찮겠어요?"

"철학자들이 어떤 줄 알잖아, 우리는 그런 걸 의식하지 못해. 또 뭣하면 언제든 코키에르 레스토랑에 가서 **베어네이즈 소스**를 친 양고기를 먹으면 되지."

"**베어네이즈? 양고기에?**" 앤이 말했다.

"물론. 게르망트 공작은 가엾게도 얼마나 굶주렸으면, 죽어 가는 스완의 미심쩍은 딸과 이야기할 시간도 할애하지 않고 저녁에 그걸 먹으려고 서둘러 갔지."

"엘리너, 자기 집에서도 아침에 프루스트 얘기를 해?" 앤이 엘리너를 보고 웃으며 물었다.

"아니. 하지만 저녁 먹을 때는 제법 자주 거론돼."

두 여자가 다녀오겠다는 인사를 하고 떠난 뒤, 빅터는 냉장고로 갔다. 하루 종일 혼자 있으면서 일할 생각을 하니 갑자기 너무 배가 고파졌다.

★   영국 극작가 윌리엄 콩그리브의 희곡 『세상사 이치The Way of the World』(1700)에 나오는 말.

4

"아이고, 죽겠네." 니컬러스가 침대 옆 탁상 램프를 켜며 신음했다.

"가엾은 다람쥐." 브리짓이 잠에 취해 말했다.

"우리 오늘 뭐 하기로 했더라? 기억이 안 나네."

"프랑스 남부에 가기로 했잖아요."

"아, 참 그렇지. 끔찍하군. 몇 시 비행기더라?"

"12시 넘어선데. 도착은 3시 몇 분인가 그렇고. 시차가 한 시간이라던가 뭐라더라 그렇죠, 아마."

"제발 그 '뭐라더라'란 말 좀 하지 마."

"미안."

"우리가 왜 간밤에 그렇게 늦게까지 거기 있었는지 도무지 모르겠어. 내 오른쪽에 앉았던 그 여자, 정말 끔찍해. 예전에 누가 그 여자한테 턱이 예쁘다고 했나 봐. 그러니까 하나 더 보태기로 하고, 또 보태고, 또 보탠 거지. 그 여자가 한때 조지 와트퍼드 아내였다는 거잖아."

"누구 아내라고요?"

"왜 있잖아, 지난주 피터 사진 앨범에서 봤잖아, 스푼으로 한 번 담근 크렘 브륄레 같은 잔주름투성이 얼굴의 소유자."

"아무나 부자**면서** 멋진 애인을 가질 수 있는 건 아니지." 브리짓은 시트 속에서 니컬러스 쪽으로 슬며시 움직였다.

"그만해, 야, 그만해." 니컬러스는 자기가 생각하는 북동부 타인사이드 지방 사투리로 말했다.

그리고 몸을 돌려 침대에서 내려가 "죽음과 멸망이여"*라고 연극조로 한탄하듯 말하고, 진홍색 카펫이 깔린 방을 가로질러 문이 열린 화장실까지 네발로 기어갔다.

브리짓은 힘들여 일어서는 니컬러스의 몸을 찬찬히 뜯어보았다. 지난 한 해 동안 살이 많이 붙었다. 나이가 많은 남자들은 좋은 해결책이 아닌지도 모른다. 스물세 살이란 나이 차이는 크다. 브리짓 왓슨스콧은 경솔하게 살던 언니들에게 서른 살이란 나이가 급속히 다가올 때 그들을 괴롭힌 결혼 열병에는 아직 걸리

★ 구약성서 잠언 27장 20절. "죽음과 멸망이 만족함을 모르듯이 사람의 눈도 만족할 줄 모른다."

지 않았다. 니컬러스의 친구들은 모두 쭈그렁바가지인 데다 몇몇은 정말 따분하기까지 했다. 니컬러스와는 환각제를 전혀 복용할 수 없었다. 아니, 복용할 수는 있었다. 사실 그런 적이 있었다. 그러나 배리와 하는 것과 같지 않았다. 니컬러스에게는 적절한 음악, 적절한 옷, 적절한 태도가 없었다. 브리짓은 배리에 대해 양심의 가책을 느꼈다. 하지만 여자는 모름지기 한 남자에게 목매달아선 안 된다.

니컬러스의 특별한 점은 부자**면서** 멋지다는 것이었다. 게다가 준남작이라 제인 오스틴 소설 같은 분위기가 나는 것도 썩괜찮았다. 그렇더라도 머잖아 사람들은 이런 말을 하기 시작하겠지. "한때는 잘생긴 얼굴이었던 티가 나." 그러면 다른 누군가 끼어들어 너그러움을 베풀어 이렇게 말할 것이다. "아니야, 아직잘생겼어." 결국 브리짓은 니컬러스와 결혼하게 될 것이다. 그러면 넷째 프랫 부인이 되고. 그러면 이혼하고 50만 파운드든 얼마든 위자료를 받을 테고, 그러면 배리를 성노예로 두겠지만 쇼핑을 나가면 여전히 프랫 부인으로 통하겠지. 이거 원, 브리짓은이따금 무서울 정도로 냉소적이었다.

브리짓은 니컬러스가 그들의 관계를 유지시켜 주는 건 섹스라고 생각한다는 걸 알고 있었다. 그들이 처음 만난 파티에서그들을 맺어 준 것도 물론 섹스였다. 니컬러스는 만취해서 '천연 금발'이냐고 물었다. 하품, 하품. **정말** 불쾌한 질문이었다. 하지만 배리가 멀리 글라스턴베리에 있는 데다, 공연히 마음이 좀 들썩들썩하던 터라, 브리짓은 도발적으로 니컬러스를 보다가 가만히 나가면서 이렇게 말했다. "직접 확인해 보시지 그래요?" 니컬러스는 확인을 **했다**고 생각했지만 신체의 **모든** 털을 염색했다는 것을 몰랐다. 기왕 미용에 손을 댈 거면 철저히 한다, 라는 게 브리짓의 좌우명이었다.

니컬러스는 화장실 거울 앞에서 혀를 내밀었다. 간밤에 마신 커피와 레드 와인에 검붉게 물든 두터운 설태를 흐뭇하게 들여다보았다. 사라 와트퍼드의 이중 턱을 가지고 농담하는 것까진 좋았는데, 사실 니컬러스도 행진하는 근위병처럼 턱을 쳐들지 않으면 남 얘기 할 처지가 아니었다. 니컬러스는 면도하고 싶지 않았다. 브리짓의 화장품을 살짝 두드려 발랐다. 『베네치아에서의 죽음』의 늙은 동성애자처럼 얼굴이 콜레라 열에 들떠 볼연지가 녹아 흐르는 것 같은 모습은 싫었다. 하지만 약간이라도 분을 바르지 않으면 이른바 '병색이 완연한 창백한 안색'이었다. 가끔 정말 형편없는 옷도 그렇지만, 브리짓은 화장품이라곤 상당히 기초적인 것만 가지고 있었다. 사람들이 피오나에 대해 뭐라고 했건(당시엔 니컬러스도 상당히 불친절한 말을 하긴 했지만), 그래도 피오나는 아주 기막힌 크림과 팩을 파리에서 공수해서 썼다. 니컬러스는 간혹 브리짓은 어디에 **내놓을 만한**(니컬러스는 이 표현을 부드러운 어감의 프랑스어 단어로 떠올렸다)

여자는 아닌가 하고 생각했다. 지난 일요일 피터의 집에 초대받아 갔을 때 브리짓은 점심을 먹는 동안 계속 열네 살 먹은 여자애처럼 키득거렸다.

그런가 하면 배경도 생각해 보지 않을 수 없었다. 왓슨 집안과 스콧 집안이 언제 서로 재산을 합치는 게 좋다고 생각했는지 몰라도 왓슨스콧 부부는《컨트리 라이프》*에 실릴 만한 사람에게 딸을 시집보내려고 안달이 난, 구舊 목사관에 어울리는 인물들이란 걸 니컬러스는 한눈에 알 수 있었다. 브리짓의 아버지 로디 왓슨스콧은 경마를 얼마나 좋아하는지, 니컬러스가 로디를 장미꽃광인 그의 아내와 함께 〈피가로의 결혼〉을 보러 코번트가든에 데려갔을 때, 지휘자가 단상에 오르자 로디는 이렇게 말했다. "저 사람들 출발 신호를 기다리고 있군." 왓슨스콧 부부가 무명인이라면, 적어도 브리짓은 최고의 인기인이라고 할 수 있었고 그런 브리짓을 차지한 니컬러스가 행운아라는 건 모든 사람들이 인정하는 바였다.

니컬러스는 다시 결혼한다면 브리짓 같은 여자를 선택하지 않을 것이다. 다른 건 다 차치하더라도 브리짓은 무식하기 짝이 없었다. 고등학교 때 A 레벨 시험을 위해『에마』를 '했다'고는 하지만, 그 후로는 니컬러스가 아는 한, 배리라는 이름의 혐오스

---

*   영국의 고급 주간지. 경마, 사냥, 골프, 건물, 정원 따위를 다루었다.

러운 인물이 가져다준 《오즈》나 《퍼리 프리크 브라더스》* 같은 화보 잡지만 읽었다. 브리짓은 소용돌이 모양의 눈, 폭발하는 내장, 도베르만 개 같은 얼굴의 경찰관이 등장하는 그림을 열심히 들여다보며 많은 시간을 보냈다. 화장실에 있는 니컬러스의 내장이 견디기 어려운 혼돈에 휩싸였다. **내장**이 폭발하기 전에 브리짓을 침실에서 내보내고 싶었다.

"브리짓!"

니컬러스가 외쳤다, 아니 그랬다기보다는 외치려고 했지만 꺽꺽 목쉰 소리만 나왔다.

"식당에서 오렌지 주스 좀 갖다 줄래? 간 김에 차도 한 잔 만들어다 줄래?"

"어, 알았어요."

브리짓은 엎드린 채 꾸무럭꾸무럭 자위하다 말고 과장된 한숨을 내쉬며 침대에서 굴러 내려왔다. 에이씨, 니컬러스는 따분해. 도대체 하인들은 뒀다 뭐에 써먹는 거야? 하인들에게 더 잘하니 말이야. 브리짓은 축 늘어져서 식당으로 갔다.

니컬러스는 티크나무 변기에 털썩 앉았다. 자기가 브리짓에게 사교와 섹스를 가르쳐 주는 일에 얼마나 뛰어난지 더 이상 생각하지 않게 된 데다 브리짓도 별로 배우고자 하는 마음이 없

★   OZ와 The Furry Freak Brothers. 각각 1967년에 창간한 영국 언더그라운드 히피 잡지, 1968년에 창간한 미국 언더그라운드 만화 잡지.

다는 것을 알게 되자 가르치는 일의 흥분은 시들해지기 시작했다. 이번에 프랑스에 다녀와서 애스프리*에 데려가 이별 선물을 사 주어야 할 것 같았다. 그렇지만 크리스티 경매 회사의 1800년대 이전 유럽 명화 부서에서 일하는 그 여자와 사귈 마음의 준비는 아직 안 되었다. 파란색 순모 셔츠에 수수한 진주 목걸이. 고객을 도와 재산을 잘 관리하는 일에 몸과 마음을 바칠 날을 고대하는 여자. 규율이 있는 환경에 익숙한 장군의 딸. 니컬러스의 생각은 침울한 확장을 계속했다. 슈롭셔주와 웨일스가 경계를 이루는 습한 구릉 지대를 좋아할 여자. 그 구릉 지대는 작은 구릉 지대를 많이 소유하고 농장도 갖고 있는데도 입후보했다가 떨어져 당당한 프랫 가문의 일원이 아직 되지 못한 니컬러스가 그다음으로 성취해야 할 무엇이었다. **이성**은 지칠 줄 모르고 말했다. "하지만 니컬러스, 난 자네가 그걸 소유하는 줄 알았는데." 니컬러스는 너무 많은 적을 만들어서 선임되지 못했다.

장이 폭발적인 배출을 했다. 니컬러스는 브리짓이 즐겨 보는 만화의 과대망상 만신창이처럼 비참하게 땀을 흘렸다. 뚱뚱이 풀이 소리를 지르는 것도 상상할 수 있었다. "그자는 정말 지긋지긋한 인물이야, 그자를 여기에 들이면 나는 여생을 터프 주점에서 보내야 할 거야." 데이비드 멜로즈에게 뚱뚱이 풀을 추

*   Asprey's. 왕실 조달 허가증을 가진 업체.

천하게 한 건 실수였다. 그런데 데이비드는 아버지의 제일 친한 친구였지 않은가. 게다가 데이비드는 10년 전만 해도 지금처럼 염세적이지 않았고, 인기가 없지 않았고, 그렇게 많은 날을 라코스트에 가 있지도 않았다.

클레이본뮤즈에서 히스로 공항으로 가는 길은 너무 눈에 익어 니컬러스의 감각에 인식되지 않았다. 숙취의 증상에서 졸음이 오는 단계에 접어든 데다 속까지 약간 메스꺼웠다. 니컬러스는 몹시 피곤한 나머지 택시 한쪽 구석에 기대 축 늘어졌다. 브리짓은 외국으로 여행하는 게 덜 지겨웠다. 니컬러스를 따라 7월에는 그리스, 8월에는 토스카나에 다녀왔다. 자기 생활이 얼마나 화려해졌는지 생각하면 그 부분만큼은 아직 좋았다.

브리짓은 외국 여행하는 영국인이라는 티를 내는 니컬러스의 복장이 싫었다. 오늘 쓴 파나마모자는 특히 싫었다. 니컬러스는 말할 기분이 아니라는 표시로 모자챙을 푹 눌러써 얼굴을 가렸다. 옅은 황백색 실크 재킷과 노란색 코르덴 바지도 싫었다. 진홍색 바탕에 둥글고 뻣뻣한 흰 칼라가 달린 가는 줄무늬 셔츠와 반들반들 광이 나는 구두는 정말 당황스러웠다. 니컬러스는 완전히 신발광이었다. 맞춤 구두가 50켤레 있는데, 아무것도 아닌데 천지개벽할 만큼 중요한 것으로 취급되는 장식 외에는 모두 **문자 그대로** 똑같았다.

그런 한편, 브리짓은 자기 옷이 굉장히 섹시하다는 걸 알고 있었다. 자주색 미니스커트, 소매와 등에 술이 주렁주렁한 검은색 스웨이드 카우보이 재킷보다 더 섹시한 게 어디 있겠는가? 재킷에 받쳐 입은 검은색 티셔츠는 젖꼭지가 비쳤다. 검은색과 자주색이 어우러진 카우보이 부츠를 벗으려면 반 시간은 걸렸지만, 그걸 신으면 모든 사람들의 눈길을 끌기 때문에 그럴 만한 가치가 있었다.

브리짓에게는 무슨 이야기를 해 주어도 의미를 대부분 파악하지 못하기 때문에 니컬러스는 무화과 이야기를 해 줄까 말까 망설였다. 그나저나 무화과 이야기의 의미가 브리짓에게 이해되기를 바라는지조차도 확실하지 않았다. 10년 전쯤, 데이비드가 엘리너를 설득해서 라코스트에 집을 사고 얼마 되지 않았을 때의 일이다. 엘리너의 어머니는 그들의 결혼을 막으려 했고, 데이비드의 아버지는 상속권을 박탈하겠다고 위협해 두 사람은 아직 결혼하지 않았을 때였다.

니컬러스는 모자챙을 살짝 들어 올렸다.

"내가 처음 라코스트에 갔을 때 무슨 일이 있었는지 얘기했던가?"

그리고 벽에다 대고 말하는 짝이 되지 않게 하려고 한마디 덧붙였다.

"오늘 우리가 가는 집 이야기야."

"아뇨."브리짓이 굼뜨게 말했다. 또 모르는 사람들 이야기를 하려는 모양이었다. 게다가 대부분은 브리짓이 태어나기 전의 일들. 하품, 하품.

"엘리너 말인데―애너벨스*에 갔을 때 만난 여자. 기억이 안 나나 보군."

"그 술 취한 여자?"

"그렇지!" 니컬러스는 브리짓이 인지하자 기뻤다. "엘리너는 그 시절만 해도 수줍음을 많이 타고 소심하긴 해도 술에 취하거나 하진 않았지. 아무튼 라코스트 집을 산 지 얼마 안 되었을 때 일인데, 엘리너가 테라스에 떨어져 썩는 무화과를 보고 엄청난 낭비라며 데이비드에게 불평을 했어. 그다음 날 우리 셋이 밖에 앉아 있는데 또 그 말을 꺼내더군. 그때 데이비드의 얼굴을 보니 아주 싸늘하더라고. 데이비드의 아랫입술이 쑥 나왔어. 그건 언제나 좋지 않은 징조지. 잔인해 보이면서 토라진 얼굴. 그때 데이비드가 '따라와' 하는 거야. 교장 선생님을 따라 교장실에 가는 기분이 들더군. 데이비드는 무화과나무 쪽으로 성큼성큼 앞장서 가고 엘리너와 난 휘청휘청 뒤따라갔지. 거기 가 보니까 돌바닥이 온통 무화과 천지였어. 어떤 건 오래되어 짓뭉개졌고, 어떤 건 갈라져 속이 드러났는데, 말벌들이 그 주위를 맴돌거나,

<hr>

*   Annabel's, 1963년에 생긴 런던 상류층의 고급 회원제 나이트클럽.

빨갛기도 하고 하얗기도 한 끈적끈적한 속을 갉아먹고 있더군. 굉장히 큰 나무라 바닥에 떨어진 무화과가 **굉장히** 많았지. 그런데 그때 데이비드가 아주 놀라운 말을 했어. **엘리너더러 네발로 엎드려 테라스에 떨어진 무화과를 전부 먹으라는 거야.**"

"뭐라고요? 자기도 있는데 그 앞에서?" 브리짓의 눈이 휘둥그래졌다.

"응. 엘리너는 꽤나 혼란스러워 **보이더군.** 혼란이란 말보다는 배신이라고 해야 맞을 거야. 하지만 엘리너는 항변하지 않았어. 그냥 이 입맛 떨어지게 하는 과제를 수행하더군. 데이비드는 단 한 개라도 남기면 용서하지 않을 기세였어. 한번은 엘리너가 고개를 쳐들고 '나 이제 충분히 먹었어'라고 하니까, 데이비드가 엘리너 등에 발을 얹더니 '다 먹어. 낭비하면 안 되잖아, 안 그래?' 하더군."

"변-태네."

니컬러스는 자기 이야기가 브리짓에게 끼친 영향을 보고 기분이 꽤 좋았다.

"자기는 어쩌고?" 브리짓이 물었다.

"구경했지. 데이비드 기분이 그럴 때는 잠자코 있어야 해. 얼마 뒤에 엘리너가 구역질을 좀 하는 것 같아서 내가 나머지 무화과는 바구니에 담자고 제안하니까 데이비드가 '끼어들지 말게. 엘리너는 세상에 굶어 죽는 사람들이 있으니 무화과가 낭비되는 건 못 보겠다잖아. 그렇지, 엘리너? 그러니까 혼자서 전부 먹을 거야'라고 하고는, 나를 보고 씨익 웃더니 '어차피 엘리너는 입맛이 너무 까다롭잖아, 안 그런가?'라고 덧붙이더군."

"와! 그런데도 자기는 그 사람들하고 계속 같이 있었어요?"

때마침 택시가 터미널 앞에 도착해서 니컬러스는 대답을 피할 수 있었다. 갈색 유니폼을 입은 짐꾼이 바로 니컬러스를 발견하고 짐을 가지러 달려왔다. 니컬러스는 고마워하는 택시 운전사와 근면한 짐꾼 사이에서 마치 따뜻한 샤워 물을 온몸에 느끼며 서 있듯이 잠시 얼어붙은 듯 가만히 있었다. 그들은 동시에 니컬러스를 "선생님"이라고 불렀다. 니컬러스는 자기를 "선생님"이라고 부르는 사람들에게는 항상 더 많은 팁을 주었다. 니컬러스도, 그들도, 그것을 알고 있었다. 그것은 '문명화된 합의'라고 불리는 무엇이었다.

브리짓의 주의력 지속 시간은 무화과 이야기로 대단히 향상되었다. 비행기에 탑승하고 자리에 앉았는데도 니컬러스에게서 해명을 듣지 못했다는 걸 여전히 기억하고 있었다.

"그나저나 그 사람을 좋아하는 이유가 뭐죠? 그러니까 뭐랄까, 그 사람은 상습적으로 의례적인 굴욕 같은 걸 줘요?"

"글쎄. 내가 본 건 아니지만, 데이비드가 엘리너를 창녀에게 배우도록 했다는 말이 있지."

"설마!" 브리짓이 감탄스럽다는 듯 말하고는 몸을 옆으로 돌렸다. "변-태네."

여자 승무원이 샴페인 두 잔을 가져와 비행기 출발이 지연되는 것을 사과했다. 주근깨가 있고 파란 눈을 가진 승무원은 니컬러스에게 환심을 사려는 듯한 웃음을 지었다. 니컬러스는 적갈색 머리의 우스꽝스러운 남자 승무원과 추레한 유모 같은 여자 승무원이 근무하는 영국 항공보다는 이렇게 어렴풋이나마 예쁜 여자들이 있는 에어프랑스가 더 좋았다. 가공된 기내 공기, 귀와 눈꺼풀에 가해지는 경미한 압박감, 주위를 둘러싼 담갈색 플라스틱 실내, 드라이한 샴페인의 신맛 때문에 다시 피로가 몰려왔다.

니컬러스는 브리짓이 발산하는 흥분으로 약간 활기를 찾았다. 그런데 무엇 때문에 데이비드에게 끌리는지는 아직 해명하지 않고 있었다. 그것은 굳이 파헤치고 싶은 문제도 아니었다. 데이비드는 그냥 니컬러스에게 중요한 세계의 일부였다. 좋아할 만하지는 않더라도 강한 인상을 주는 사람이었다. 데이비드는 자기의 가장 큰 사회적 약점이었던 가난을 엘리너와의 결혼으로 말끔히 해결했다. 얼마 전까지만 해도 멜로즈 부부가 여는 파티는 런던에서 최고였다.

니컬러스는 목베개에 묻고 있던 턱을 쳐들었다. 변태적 분위기에 대한 브리짓의 순진한 욕구를 채워 주고 싶었다. 무화과 이야기에 반응하는 것을 보니, 그 방면으로 가능성이 있었다. 그것을 어떻게 요리해야 할지는 아직 알지 못했지만 가능성만으로도 자극이 되었다.

"그게 말이야, 데이비드는 우리 아버지 손아래 친구였고, 나는 데이비드 손아래 친구야. 데이비드는 일요일에 학교로 나를 찾아와 컴플리트 앵글러 레스토랑에 데리고 가 점심을 사 주곤 했지." 니컬러스는 브리짓이 이 감상적인 이야기에 흥미를 잃고 있다는 걸 알았다. "하지만 내가 끌리는 건, 데이비드가 몰고 다니는 파멸의 분위기야. 데이비드는 어린 소년일 때는 아주 훌륭한 피아니스트였지. 그런데 그만 류머티즘에 걸려서 피아노를 계속할 수 없게 되었어. 그리고 옥스퍼드 베일리얼 대학교에 장학금을 받고 진학했다가 한 달 만에 그만두었지. 아버지가 데이비드를 군대에 집어넣었지만, 그것마저 도중에 그만두었지. 나중에 의사 자격증을 따기는 했는데, 의사로 일할 생각은 없었어. 보다시피 데이비드는 가히 영웅적이라고 할 수 있는 그 동요하는 기질 때문에 고달픈 거야."

"정말 짜증 나는 사람 같군요."

비행기가 천천히 활주로로 이동했다. 승무원이 몸짓으로 구명조끼 사용법을 시범 보였다.

"그들의 아들마저 강간의 산물이지." 니컬러스는 브리짓의 반응을 살폈다. "이 얘기, 누구한테도 하면 안 돼. 나도 언젠가 저녁에 엘리너가 만취해서 눈물을 짜며 하는 말을 듣고서야 알게 되었거든. 엘리너는 데이비드와 몸이 닿는 걸 견딜 수 없어서 굉장히 오랫동안 부부관계를 거부하고 있었는데, 어느 날 저녁, 데이비드가 계단에서 럭비 태클을 하듯 덮쳐서 엘리너 머리를 난간 사이에 밀어 넣고 했다는 거야. 물론 법에는 부부 강간이란 게 없기도 하지만, 설령 있다 해도 데이비드에게는 자기가 법이지."

비행기 엔진 소리가 크게 울리기 시작했다.

"너도 살다 보면 언젠간 알게 되겠지만," 니컬러스가 큰 소리로 말을 꺼냈다가, 자기 말이 거만하게 들렸을 것 같다는 생각이 들자 곧 웃기게 거만한 목소리로 바꾸었다. "나도 살다 보니 알게 된 건데, 그런 사람들은 자기들과 가장 가까운 사람들에게 파괴적이고 잔인할지는 몰라도, 다른 사람들을 상대적으로 따분하게 보이게 하는 활력을 가진 경우가 많아."

"나 참, 말도 안 돼."

비행기가 점점 속력을 내더니 마구 흔들리며 영국의 창백한 하늘로 날아올랐다.

5

엘리너의 뷰익이 시뉴로 가는 한산한 뒷길을 따라 나아갔다. 태양 가까이서 흩어지는 외딴 구름을 제외하면 맑다고 할 수 있는 하늘이었다. 앤은 앞 유리 가장자리의 선팅을 통해 더위에 둥글게 말리다 사라지는 구름의 귀퉁이를 보았다. 칙칙한 자주색 포도를 싣고 가는 주황색 트랙터를 앞지르지 못하고 뒤따라가는데, 트랙터 운전자가 너그럽게 앞으로 가라고 손으로 신호했다. 자동차 실내는 약한 에어컨 바람으로 시원했다. 앤은 엘리너에게서 자동차 키를 뺏으려고 했으나 엘리너는 그 차는 자기만 운전한다며 고집을 세웠다. 완충 장치가 유연하고 에어컨 바람이 시원하게 불어서인지 엘리너가 운전한다고 해서 위험할 가능성은 한결 희박해 보였다.

아직 11시밖에 되지 않았는데 앤은 여전히 많이 남은 긴 하루에 대한 기대감이 없었다. 패트릭은 잘 있냐고 묻는 실수를 저지르고 나서 거북하고 맥 빠지는 침묵이 흘렀다. 앤은 패트릭에게 그 애 엄마보다도 더한 모성애를 느꼈다. 엘리너는 안부를 묻는 앤에게 한마디 쏘아붙였다. "사람들은 패트릭이나 데이비드 안부를 물으면 내가 좋아할 거라고 생각하나 보지? 난 패트릭이나 데이비드 안부를 몰라, 본인들만 알지."

앤은 망연자실했다. 시간이 한참 흘러서야 앤은 다시 말을 걸었다. "비제이, 그 사람 어떻게 생각해?"

"별로야."

"나도. 그 사람 생각보다 일찍 떠나서 다행이었어." 앤은 비제이와 말다툼한 걸 어디까지 밝혀야 할지 아직 알 수 없었다. "그들 모두가 숭배하는 조너선 뭔가 하는 그 노인과 함께 지낼 계획이랬는데. 『말미잘과 말미소삭』이나 『그로테스크와 골동품』 같은, 말도 안 되는 이상한 제목의 터무니없는 책을 쓴다는 그 노인, 내가 누구 말하는지 알아?"

"아, 그 사람, 어휴, 끔찍한 사람이야. 예전에 로마에 있는 우리 어머니 집에 오곤 했지. 그런데 그 사람은 늘 '거리가 거지들로 우글거리네요' 같은 말만 했어. 당시 내가 열여섯 살이었는데, 그 말만 들으면 화가 났어. 근데 그 비제이란 사람, 부자야? 계속 부자인 것처럼 말했지만 돈을 쓰는 사람처럼 보이진 않았어. 딴 건 몰라도 옷을 보면 그렇던걸."

"어, 그럼. **굉장히** 부자야. 공장도 가지고 있고, 은행도 가지고 있고, 캘커타에 폴로 경기용 조랑말들도 가지고 있지만 폴로 경기는 좋아하지 않고 캘커타에는 아예 가지도 않아. 내가 보기에 그 정도면 부자지."

엘리너는 잠시 침묵했다. 은근히 경쟁심을 불러일으키는 화제였다. 캘커타에 폴로 조랑말들을 가지고 있으면서 그냥 내버려 두는 게 부자라는 말에 별로 선뜻 동의하고 싶지 않았다.

"하지만 지독한 구두쇠야." 앤이 침묵을 깨려고 말했다. "우리가 말다툼한 이유 중 하나지." 어떤 일이 있었는지 몹시 말하고 싶었지만, 그래도 좋을지 아직 확신이 안 섰다. "비제이 그 사람, 매일 저녁 스위스에 있는 노모에게 전화를 걸어 구자라트 말로 수다를 떨었지. 노모가 전화를 받지 않으면, 그 빈약한 어깨에 검은색 숄을 두르고 부엌에 나타나더라니까 글쎄. 그러니까 꼭 할머니 같더라고. 아무튼 결국엔 비제이한테 전화 요금을 내라고 하지 않을 수 없었어."

"그래서 전화 요금을 냈어?"

"내가 화를 낸 다음에야 냈지."

"빅터가 거들지 않았어?"

"빅터는 워낙 돈 얘기 같은 고상하지 않은 얘기는 피하니까 뭐."

도로가 코르크나무 숲으로 접어들었다. 오래전이나 최근에 껍질을 벗긴 자국이 있는 나무들이 좌우로 점점 더 빽빽해졌다.

"빅터는 이번 여름에 글을 많이 썼어?"

"거의 못 썼어. 집에서 달리 뭘 하는 것도 아닌데 그래. 근데 말이야, 빅터가 여기에 오기 시작한 지가 벌써 얼마나 됐어, 8년인가 그렇잖아? 그런데 이웃 농부들한테 찾아가 인사 한번 안했어."

"플로베르 씨네 집?"

"응. 단 한 번도. 그 사람들 사는 그 오래된 농가는 우리 집에서 300미터만 가면 있잖아. 앞마당에 삼나무 두 그루가 있지. 우리 집 정원은 사실 그 사람들 건데, 서로 한마디도 건넨 적이 없어. '소개받지 못해서'라는 게 빅터의 변명이야."

"오스트리아인이 지독히 영국인다워졌네?" 엘리너가 웃었다. "어, 저기 봐, 시뉴에 다 왔네. 그 별난 음식점을 찾을 수 있으면 좋겠는데. 분수 맞은편 광장에 있는 음식점이야. 이끼가 그 분수를 봉분처럼 뒤덮고 있는데 거기서 고사리들이 자라고 그러던데. 그 음식점에는 누렇고 반들반들한 엄니가 있는 멧돼지 머리가 벽 곳곳에 달려 있어. 멧돼지들 입이 벌겋게 칠해져서 금방이라도 벽을 뚫고 돌진해 나올 것 같더라고."

"세상에, 얼마나 무서울까." 앤이 건조하게 말했다.

"전쟁이 끝나고 독일군이 철수하면서 마을 남자들을 모조리

죽였대. 음식점 주인 마르셀은 그때 마침 어디 갔다가 혼자 살아남았대."

앤은 엘리너에게서 발광적 감정 이입의 느낌을 받고 침묵했다. 음식점을 찾았을 때 앤은 그 습하고 음울한 광장을 보고 엘리너의 말보다 더한 희생과 천벌을 생각나게 하는 기념물이 없자 한편으론 안도하면서도 조금 실망스러웠다. 음식점 안의 벽은 금색 플라스틱을 소나무 판자처럼 보이게 만든 것이었고, 멧돼지 머리는 실제로 두 개밖에 없었다. 손님은 없고 갓을 씌우지 않은 형광등 불빛이 눈부셨다. 산탄이 박힌 개똥지빠귀를 꼬챙이에 꿰어 기름투성이 토스트에 얹은 첫 번째 요리가 나온 뒤로 앤은 거무스름하고 우울한 스튜 요리만 깔짝거릴 뿐이었다. 레드 와인은 차갑고 정제되지 않은 것으로, 라벨이 없는 오래된 초록색 병에 담겨 있었다.

"여기 근사하지?"

"아우라는 분명 있네."

"저기, 저 사람이 마르셀이야." 엘리너가 혈안이 되어 말했다.

"Ah, Madame Melrose, je ne vous ai pas vue아, 멜로즈 부인, 오신 줄 몰랐습니다." 마르셀이 그제야 엘리너를 본 체하고, 종종걸음으로 바를 빙 돌아 서둘러 나오면서 얼룩진 흰 앞치마에 손을 닦았다. 앤은 축 처진 콧수염과 놀랍도록 처진 눈 밑 살에 눈길이 갔다.

마르셀은 즉시 엘리너와 앤에게 코냑을 권했다. 앤은 마르셀이 몸에 좋다고 해도 거절했지만, 엘리너는 호의를 받아들이고 마르셀에게 그것을 돌렸다. 그들은 한 잔씩 더 마시면서 포도 수확에 대한 이야기를 나눴다. 마르셀의 남부 프랑스 억양을 조금밖에 알아듣지 못하는 앤은 자기가 대신 운전하지 못하는 것을 한층 더 유감스럽게 생각했다.

차로 돌아갔을 때는 이미 코냑과 신경안정제가 각기 효력을 발휘하고 있었다. 감각을 잃은 살갗 아래의 혈관에 흐르는 피는 볼베어링 쇠구슬이 주르륵 쏟아지는 듯했다. 머리는 동전 자루처럼 무거웠다. 엘리너는 천천히, 천천히, 스스로를 완전히 통제한 상태였지만 눈이 감겼다.

"엘리너, 졸지 마!"

"안 졸아." 엘리너가 신경질 부리듯 말했다가 다시 차분히 말했다. "안 졸아." 그러면서 눈은 계속 감고 있었다.

"내가 운전할게." 앤은 자기주장을 관철시킬 태세였다.

"그래." 엘리너가 눈을 떴다. 핏줄이 해져서 분홍빛을 띤 안구에 대비되어 파란 눈이 갑자기 강렬해 보였다.

앤이 시뉴에서 꾸불꾸불한 길을 따라 마르세유까지 운전해 가는 동안 엘리너는 반 시간 정도 잤다.

엘리너는 잠에서 깨자 다시 의식이 명료해졌다. "굉장히 걸쭉한 스튜를 먹고 식곤증이 좀 와서 그만, 어휴."

덱세드린의 도취적 약효가 오페라 〈발키리〉의 주선율처럼 다시 돌았다. 전보다 좀 더 완화되고 위장된 형태를 취하더라도 오래 억누를 수는 없는 것이었다.

"'르 와일드 웨스트'가 뭐지? 화살이 관통한 모자를 쓴 카우보이 그림들이 계속 보이네."

"오오, 저기 가 보자, 저기 가 보자." 엘리너가 어린아이 같은 목소리로 말했다. "그거 놀이공원인데, 전체를 다지 시티*처럼 꾸며 놓았어. 나도 가 본 적은 없지만, 정말 가 보고 싶네―"

"그럴 시간 있어?" 앤은 회의적이었다.

"아, 그럼, 이제 겨우 1시 반인데, 자, 봐. 공항은 여기서 45분밖에 안 걸려. 오오, 우리 그러자. 딱 30분만. 응?"

다른 광고판 하나가 400미터 전방에 르 와일드 웨스트가 있음을 알렸다. 밝은 플라스틱으로 만든 회전 관람차의 모형 마차들이 정지된 채 녹음이 짙은 소나무들 위로 모습을 드러냈다.

"꿈만 같아. 굉장하네. 들어가 봐야겠어." 앤이 말했다.

그들은 서부 시대의 술집 문처럼 만들어 놓은 르 와일드 웨스트의 큰 정문을 통해 안으로 들어갔다.

좌우에 둥글게 정렬된 흰 깃대에 만국기가 걸려 늘어져 있었다.

★   Dodge City. 19세기 서부 개척 시대의 변경 도시로 유명한 곳.

"아유, 신나!" 엘리너가 말했다. 어떤 신나는 놀이기구를 먼저 탈까 결정하기 어려웠다. 결국 엘리너는 모형 마차 회전 관람차를 타기로 했다. "난 노란색 마차에 타고 싶어."

관람차는 각 마차가 채워지며 조금씩 위로 이동했다. 그러다 그들이 탄 마차가 가장 키 큰 소나무 위로 올라갔다.

"저 봐! 우리 차가 저기 있어." 엘리너가 비명을 지르듯 말했다.

"패트릭도 여기 좋아해?" 앤이 물었다.

"패트릭은 여기 와 본 적 없어."

"빨리 보여 주는 게 좋을 거야, 너무 나이 먹기 전에. 나이가 좀 들면 이런 거 안 하잖아." 앤이 방긋 웃었다. 엘리너는 잠시 굉장히 우울해 보였다. 관람차가 돌기 시작하자 미풍이 조금 불었다. 관람차가 돌아서서 위로 오를 때 엘리너는 배 속이 팽팽해지는 것을 느꼈다. 놀이공원과 주변 숲의 경관을 잘 볼 수 있기는커녕, 관람차의 회전 운동 때문에 속이 메슥거리기만 했다. 엘리너는 험한 얼굴이 되어 핏기 빠진 손가락 마디 끝을 응시하며 관람차가 멈추기만을 간절히 기다렸다.

앤은 엘리너가 기분을 잡치고, 다시 나이 들고 돈 많은 술주정뱅이로 돌아간 것을 알았다.

그들은 관람차에서 내려 오락 사격장 거리를 지나갔다. "이만 가자, 빌어먹을 놀이공원. 어차피 니컬러스를 마중하러 가야 하니까."

"니컬러스 얘기 좀 해 봐." 앤이 엘리너를 급히 따라가며 말했다.

"곧 알게 될 텐데 뭘."

6

"그러니까 이 엘리너란 여자는 정말 희생자네, 그렇죠?" 브리짓은 화장실에서 마리화나를 피우고 잠들었다가 돌연 뒤늦은 호기심을 보임으로써 자기의 행위를 벌충하고 싶었다.

"자기가 선택해서 까다로운 남자와 살기로 했다면 그런 여자가 모두 희생자일까?"

니컬러스는 비행기가 착륙하자마자 안전벨트를 풀었다. 그들의 좌석은 둘째 줄이라 다른 승객들보다 먼저 내릴 수 있을 것이다. 단, 브리짓이 파란 벨벳 주머니에 든 콤팩트를 꺼내 분가루 투성이의 작은 거울을 들여다보며 자기 얼굴을 감상하지만 않는다면. 한 번만이라도 안 그랬으면 좋으련만.

"갈까." 니컬러스가 한숨을 쉬었다.

"안전벨트 신호가 아직 켜져 있어요."

"신호는 양들한테나 필요한 거야."

"음매애─." 브리짓이 거울을 들여다보며 울음소리를 냈다. "나는 양이다."

이 여자, 진짜 참기 힘들군, 니컬러스는 생각했다.

"그럼 난 양치기다. 늑대의 옷을 입게 만들지 마." 니컬러스가 크게 말했다.

"어머, 어떡해, 저 큰 이빨 좀 봐." 브리짓이 좌석 한쪽으로 몸을 웅크렸다.

"그만큼 네 머리를 콱 물어뜯기 좋지."

"자기가 무슨 우리 할머니라고." 브리짓은 정말 실망했다.

비행기가 조금씩 나아가다 멈췄다. 전체적으로 버클을 끄르고 안전벨트를 푸는 소리가 났다.

"서둘러." 니컬러스는 이제 완전히 사무적이었다. 서로 밀치며 힘겹게 통로를 따라 나가는 여행객들 틈에 끼는 게 너무 싫었다.

그들은 열린 비행기 문 앞으로 다가갔다. 안색은 창백했고 옷차림은 지나쳤다. 철 계단을 덜컹덜컹 내려가는 그들 뒤에는 출발 지연에 미안한 체한 승무원이, 앞에는 그들의 도착을 기뻐하는 체하는 지상 근무 요원이 있었다. 브리짓은 계단을 내려갈 때 열기와 소모된 연료 냄새 때문에 속이 약간 메스꺼웠다.

활주로 건너편에서 아랍인들이 길게 줄을 서서 천천히 에어 프랑스 비행기에 탑승하고 있었다. 니컬러스는 그걸 보고 1962년의 알제리 위기와 배신당한 식민지 주둔 낙하산 부대원들이 파리를 습격한다고 했던 위협을 생각했다. 그것을 브리짓에게 설명해 주려면 어느 시점까지 거슬러 올라가야 할지 상상하는 사이에 그 생각은 점차 희미해졌다. 브리짓은 아마 알제리가 이탈리아의 의상 디자이너 이름이라고 생각할 게 뻔했다. 니컬러스는 옥스퍼드 대학교에서 역사를 전공한 30대의 박식한 여자에 대한 낯설지 않은 갈망을 느꼈다. 이미 두 번이나 그런 여자들과 결혼하고 이혼했다는 사실은 그 순간의 열정에 아무런 영향을 주지 못했다. 더 젊은 여자들에 비해 살의 탄력은 좀 떨어질지 몰라도 그들과 지적인 대화를 나누었던 추억은 그를 괴롭혔다. 즙이 흥건한 요리 냄새가 떠돌다가 감방의 잊힌 죄수에게 이르듯이. 어째서 욕망의 중심은 언제나 떠나온 곳에 있을까? 언젠가 대화 상대가 될 만한 여자와 지금 이 셔틀 버스에 오르고 있더라도, 브리짓의 육체에 대한 추억을 떠올리고는 똑같이 쉽게 가슴이 아프리란 걸 니컬러스는 잘 알고 있었다. 물론 이론상으로는 니컬러스가 불필요하게 경쟁 구도에 놓는 그런 자질을 겸비한 여자들이 있다. 사실 그런 여자들과 바람을 피우기도 했다. 그러나 니컬러스는 내면의 무언가가 언제나 감식력을 흐트러뜨리고 충절을 분열시키리란 걸 알고 있었다.

문이 닫히고 버스가 홱 출발했다. 브리짓은 니컬러스 맞은편에 앉았다. 어이없는 스커트 아래로 뻗어 나온 다리는 맨살에 날씬하고 금빛을 띠었다. 니컬러스는 브리짓의 다리를 몸에서 분리해 음란한 상상을 하다가, 자기가 여전히 그 다리를 이용할 수 있다는 생각에 흥분되었다는 것을 깨달았다. 그러자 다리를 꼬았고, 뻣뻣한 코르덴 바지 접힌 부분에 말려 들어간 사각팬티를 매만져 편안하게 했다.

이 금빛 다리가 누구 것인지 생각하고 나서야 잠깐 동안의 발기는 거의 항시적으로 짜증 난 상태에 대한 보상으로는 너무 작고 불편한 것으로 여겨졌다. 사실은 허리에서부터 검은 스웨이드 재킷 소매의 술 장식을 따라 얼굴에 이르러 따분하고 고집스러워 보이는 표정을 보자 충동적인 혐오감과 함께 애정에 금이간 느낌이 들었다. 니컬러스는 왜 이런 터무니없는 년을 데리고 데이비드 멜로즈에게 가고 있는 걸까? 어쨌든 데이비드는 무자비한 속물임은 말할 것도 없고 대단한 안목을 가진 사람이 아닌가.

터미널은 소독약 냄새가 났다. 파란색 오버올을 입은 여자가 바닥 닦는 기계를 운전해서 지나갔다. 둥근 패드가 달린 기계는 윙윙 소리를 내며 앞뒤로 왕복 운동을 하며 반투명 갈색 조약돌이 박힌 값싼 흰 대리석 바닥을 문질렀다. 아직도 마리화나에 취한 브리짓은 바닥의 조각난 색깔에 넋을 잃었다. 하얀 하늘에

웬 부싯돌과 석영이 별처럼 박혀 있는가 했을 것이다.

"뭘 그렇게 뚫어지게 봐?" 니컬러스가 쏘아붙이듯 물었다.

"바닥이 희한해요."

브리짓은 여권 검사대까지 가서 여권을 찾지 못해 뒤적거렸다. 그러나 니컬러스는 곧 보게 될 엘리너 앞에서 남부끄럽게 싸우고 싶지 않았다.

"이 공항은 좀 별나게도 중앙 로비를 지나서 짐을 찾게 돼 있어. 아마 엘리너가 거기서 기다리고 있을 거야."

"와! 내가 밀수업자라면," 브리짓은 니컬러스가 시비 걸기를 기대하고 잠시 뜸을 들였다. "이 공항은 내 꿈의 공항이 될 텐데. 사탕이 잔뜩 든 가방을 기내에 들고 탔다가 여기서 일단 누구한테 슬쩍 넘겨주고, 수화물 찾는 곳에 가서 합법적인 짐을 찾아 가지고 세관을 통과하면 될 테니까."

"내가 너한테 감탄하는 점이 바로 그거야. 그 창조적 사고 말이야. 광고 회사에 들어갔으면 크게 출세했을지도 모르지. 그런데 밀수에 관한 한 마르세유 정부 당국은 네가 가방에 넣어 밀수하려고 생각하는 그 '사탕'이나 가지고 씨름하는 일보다 더 시급한 문제들을 안고 있을걸. 네가 아는지 모르겠는데……"

브리짓은 듣지 않았다. 니컬러스는 또 재수 없는 새끼가 되고 있었다. 긴장하면 꼭 그랬다. 사실 침대에 있을 때나 잘 보이고 싶은 누군가가 옆에 있을 때 말고는 늘 그랬다. 브리짓은 뒤처져 따라가며 니컬러스 등을 보고 혀를 내밀었다. 메롱, 메롱, 메롱…… 따분해, 따분해, 따분해.

브리짓은 손으로 귀를 막고 바닥을 질질 끄는 자기 발을 내려다보았다. 니컬러스는 브리짓이 밀수 어쩌고 하는 대단치 않은 말을 한 걸 가지고 점점 더 그것과 관련성이 희박한 생각을 줄줄 끄집어내 비꼬며 혼자 성큼성큼 걸어갔다.

다시 고개를 쳐들자 낯익은 모습이 보였다. 신문 잡지 판매대 옆 기둥에 기대고 서 있는 배리였다. 배리는 누가 자기를 바라보면 언제나 그걸 알아차릴 수 있었다. 그러면 그때그때 기분에 따라 '편집증'이라거나 '초감각적 지각'이라고 했다.

"브리짓! 이럴 수가!"

"배리! All you need is love.*" 브리짓이 배리의 티셔츠 글자를 크게 읽으며 웃었다.

"정말 믿어지지 않아." 배리가 긴 검은 머리를 쓸어 넘기며 말했다. "오늘 아침 네 생각을 했거든."

배리는 매일 아침 브리짓 생각을 했지만 오늘은 생각에서 그치지 않고 공항에서 우연히 만나기까지 한 건 정신의 지배가 작용하는 추가적 증거라는 생각이 들었다.

"우리는 프로그레시브 재즈 페스티벌을 보러 아를에 가는 길

---

*　1967년에 나온 비틀즈의 노래.

이야. 야, 너도 가자. 정말 죽여줄 거야. 벅스 밀러면 공연도 있
어."

"우아." 브리짓이 낮은 탄성을 뱉었다.

"야, 있잖아, 어쨌든 에티엔네 전화번호 줄게. 난 거기서 묵을
건데, 올 수 있으면 와."

"그래, 좋았어."

배리가 리즐라 담배 종이 큰 걸 꺼내 전화번호를 적었다.

"그걸로 담배 말아 태우지 마. 그럼 연락할 길이 없을 테니."
배리가 익살을 부렸다.

브리짓은 멜로즈 부부의 집 전화번호를 주었다. 그걸 주어도
배리가 전화를 걸지도 않을 테고 자기가 아를에 가지도 않을 것
을 알기 때문이었다.

"여긴 언제 왔어?"

"한 열흘 전에. 그래서 하나 충고해 줄 게 있는데, **핑크 와인은
마시지 마.** 화학 성분이 잔뜩 들어 있어서 각성제를 과용하고 깨
어날 때보다 후유증이 더 심해."

니컬러스의 목소리가 그들을 덮쳤다. "도대체 뭐 하고 있는
거야!" 니컬러스가 브리짓을 쏘아보았다. "진짜 매를 버는군. 아
무 말도 없이 공항 한가운데서 제멋대로 어디론가 놀러 가 버리
고. 내가 이 빌어먹을 가방들을 끌고 15분이나 너를 찾으러 돌
아다녔단 말이야."

"카트에 실으세요." 배리가 말했다.

니컬러스는 아무런 소리도 듣지 못한 것처럼 똑바로 앞만 쳐다보았다. "다시 한번만 더 그러면 너를 갖다 확…… 앗, 저기 엘리너가 오네!"

"니컬러스, 미안해요. 놀이공원에서 회전 관람차가 우리를 내려 주지 않고 한 번 더 돌아서 꼼짝 못 하게 되는 바람에 그만. 상상이 돼요?"

"엘리너다워요, 늘 뜻밖의 재미를 보는 게."

"그래도 여기 이렇게 왔잖아요." 엘리너는 유리창을 닦는 동작처럼 손을 펴고 둥글게 원을 그려 니컬러스와 브리짓에게 인사했다. "여기는 앤 무어예요."

"안녕하세요." 앤이 말했다.

"처음 뵙겠습니다." 그리고 니컬러스는 브리짓을 소개했다.

엘리너는 앞장서 주차장 쪽으로 향하고, 브리짓은 어깨 너머로 배리를 향해 키스를 날렸다.

"Ciao, 잊지 마." 배리가 티셔츠의 자신만만한 메시지를 손가락으로 찌르며 말했다.

"니컬러스, 당신 애인과 얘기하던 저 매력적인 남자는 누구예요?" 엘리너가 물었다.

"으응, 그냥 비행기에 같이 탄 사람이에요."

니컬러스는 공항에서 배리를 본 게 약 올랐다. 혹시 브리짓과 약속했던 건 아닐까 하는 생각이 스쳤다. 말도 안 되는 생각이었으나 쉽게 떨쳐지지 않았다. 그래서 니컬러스는 차에 타자마자 브리짓에게 화난 소리로 작게 말했다.

"저 애하고 무슨 말을 한 거야?"

"배리는 영국 남자가 아니에요. 그래서 좋아. 그리고 그게 정말 알고 싶다면 말해 주죠. '핑크 와인은 마시지 마, 화학 성분이 잔뜩 들어 있어서 각성제를 과용하고 깨어날 때보다 후유증이 더 심해.'"

니컬러스는 몸을 돌려 브리짓을 잡아먹을 듯 바라보았다.

"백번 옳은 말이에요. 그렇고말고. 근데 그 친구를 저녁 식사에 초대할 걸 그랬어요." 엘리너가 말했다.

7

귀를 잡혀 들렸다가 서재에서 달아나는 패트릭을 보고 데이
비드는 어깨를 으쓱하고는 도로 피아노 앞에 앉아 푸가를 즉흥
적으로 연주하기 시작했다. 류머티즘이 있는 손은 건반을 두드
릴 때마다 항의했다. 피아노 위에 구름이 함정에 빠진 것 같은
파스티스* 한 잔이 놓여 있었다. 데이비드는 하루 종일 몸이 쑤
셨다. 밤에 잘 때는 자세를 바꿀 때마다 통증 때문에 잠을 깼다.
악몽 때문에도 자주 잠을 깼는데, 그럴 때는 훌쩍이기도 하고
크게 비명을 지르기도 해서 그 불면증의 영향은 옆방에까지 진
동했다. 호흡이 짧아지기도 했는데, 그러다 천식이 갑자기 심해

---

*   아니스 향이 나는 식전 술.

지면 호흡은 쌔근거리거나 가르랑거렸고, 얼굴은 기도 폐쇄를 완화시키는 데 쓰는 코르티손* 때문에 부어올랐다. 데이비드는 숨을 헐떡거리며 층계참에 서서 말도 못 하고 내려가지도 못하고 선 채 마치 필사적으로 필요한 공기를 찾으려는 듯 여기저기 바닥만 두리번거렸다.

열다섯 살 때 데이비드의 재능은 한 번에 제자를 한 명만 받아들이는 탁월한 피아노 선생인 샤피로의 관심을 끌었다. 그런데 불행히도 일주일이 지나기도 전에 데이비드는 류머티스성열에 걸려 여섯 달 동안 손이 뻣뻣하고 손놀림이 어색해서 피아노 연습도 하지 못하고 침대 신세를 졌다. 그 병은 중요한 피아니스트가 될 기회를 앗아 갔다. 악상이 풍부한데도 그런 뒤로는 음악을 종이에 기록하는 데 쓰는 '작은 올챙이 떼'와 작곡하는 일이 지겹다고 주장했다. 그 대신 저녁 식사 후에 연주해 달라고 조르는 팬들이 떼로 들러붙었다. 그들은 데이비드 본인은 기억도 못 하는데 으레 지난번 곡을 연주해 달라고 아우성쳤다. 그렇게 해서 연주를 하고 그들의 아우성을 잠재우고 나면 데이비드는 금방 그 곡을 잊었다. 사람들을 즐겁게 해 주고자 하는 강박과 재능을 과시할 때의 거만함은 한때 데이비드가 아주 철저히 남몰래 간직했던 악상을 흩뜨렸다.

★   류머티스성 관절염에 쓰이는 호르몬.

데이비드는 아부를 만끽하는 동안에도, 거리낌 없이 재능을 낭비하는 이면에는 자기가 스타일의 혼합에 의존한다는 것과 평범한 재능을 두려워하는 마음을 극복하지 못했다는 것, 그리고 처음 발병한 류머티스 열은 암만 해도 자기가 유도한 것일지 모른다는 끊임없는 의심을 떨쳐 버리지 못했다는 것을 알고 있었다. 그러나 그런 자각은 소용이 없었다. 실패의 원인을 안다고 해서 실패가 축소되지는 않으니까. 그 대신 자기혐오는 자각 전 새까맣게 몰랐던 때보다 좀 더 복잡해지고, 좀 더 명료해졌다.

푸가가 전개되는 중에 데이비드는 만족스럽지 않아서 중심 테마를 반복했다. 시작 멜로디를 진흙 사태 같은 우렁찬 베이스 음 아래 묻고 불협화음의 강렬한 질주로 그 진행을 망쳤다. 이따금 데이비드는 피아노를 칠 때 말투에 밴 풍자적 전략을 보류할 수 있었다. 그러면 데이비드에게 격분할 지경에 이르도록 괴롭힘과 놀림을 당한 사람들이라도 서재에서 가슴을 찢는 듯한 슬픈 음악 연주를 들으면 가슴이 뭉클해졌다. 그런가 하면 데이비드는 사람들을 향해 기관총을 쏘듯 연주할 수도 있었다. 적개심을 집중시킨 연주를 하면, 사람들은 오히려 똑같이 몰인정할지라도 평범한 대화가 낫겠다고 생각하고 빨리 연주가 끝나기를 간절히 기다렸다. 그렇더라도 그 연주는 데이비드의 영향을 받지 않으려 했던 완강한 사람들의 뇌리에서조차 좀처럼 떠나지 않았다.

데이비드는 돌연 연주를 멈추고 건반 뚜껑을 닫았다. 파스티스를 한 모금 쭉 마시고 오른손 엄지손가락으로 왼손 손바닥을 마사지했다. 그러면 통증이 약간 더 심했지만, 상처 딱지를 떼낸다든가 종기나 구강궤양을 혀끝으로 더듬는다든가 멍든 데를 만지는 것과 같은 심리적 쾌감을 느꼈다.

엄지손가락으로 두어 번 꾹꾹 눌러 손바닥 둔통이 격통으로 바뀌자, 피우다 만 몬테크리스토 시가를 집었다. 시가의 종이 밴드는 일반적으로 벗겨야 하는 것으로 여겨지기 때문에 그대로 두었다. 데이비드는 사람들이 스스로 올바로 행동하고 있다는 확신을 갖게 해 주는 기준이 되는 것이라면 아주 작은 것까지 어김으로써 큰 쾌감을 얻었다. 데이비드는 천박함을 경멸했는데, 여기에는 천박하게 보이지 않으려는 천박함도 포함되었다. 이 은밀한 게임의 선수로는 몇 사람만 인정했는데, 그중에 니컬러스 프랫과 조지 와트퍼드가 포함되었다. 데이비드는 이 얕은 물속에서 허우적거리는 위대한 사상가 빅터 아이즌을 관찰하는 게 재미있었다. 빅터는 자기와 자기가 속하기를 갈망하는 계층을 가르는 선을 넘으려고 할 때마다 더 단단히 갈고리에 걸려들었다.

담배를 피울 때마다 아버지를 죽인 폐기종 생각이 났다. 그러면 자기도 그렇게 죽을지 모른다는 생각이 들어 기분이 언짢아졌다.

잠옷 가운 속에는 많이 바래고 여기저기 기운 파자마를 입고 있었다. 아버지가 묻힌 날 데이비드의 것이 된 파자마였다. 장례식은 편리하게 아버지 집에서 가까운 교회 묘지에서 치렀다. 아버지는 그곳을 내다보며 마지막 몇 달을 서재에서 보냈다. 스스로 '방독면'이라고 익살스럽게 부른 산소마스크를 착용한 아버지는 '계단 훈련'을 감행하지 못하고 '출발 라운지'라고 이름 붙인 서재의 침대에서 잠을 잤다. 아버지의 숙부가 크림 전쟁에서 사용하고 물려준 장교용 간이침대였다.

데이비드는 구중중하고 형식적인 장례식에 덤덤하게 참석했다. 상속권을 박탈당했다는 것은 이미 알고 있었다. 관이 땅속으로 들어갈 때, 아버지 인생의 얼마나 많은 부분이 다양한 참호 속에서 새나 사람을 쏘는 데 쓰였을까, 그리고 그곳이야말로 실로 아버지에게 가장 좋은 곳이 아닐까 하는 생각에 잠겼다.

장례식이 끝나고 문상객들이 돌아간 뒤, 어머니는 데이비드의 옛 침실에서 아들과 따로 잠시 애도의 시간을 가졌다. "네 아버지는 이걸 네가 가졌으면 할 거야." 어머니는 기품 있는 목소리로 그렇게 말하고는, 깔끔하게 갠 파자마 한 벌을 침대에 놓았다. 데이비드가 아무런 말을 하지 않자 어머니는 아들의 손을 꼭 쥐고, 푸릇한 눈꺼풀을 잠시 지그시 감음으로써, 그런 건 말로 표현하기에 너무 깊다는 것, 그러나 자기는 제1차 세계 대전 전에 문을 닫은 본드스트리트의 한 상점에서 산 흰색과 노란색의 면플란넬 파자마를 아들이 얼마나 소중히 여길지 안다는 것을 말없이 표시했다.

바로 그 흰색과 노란색의 플란넬이 이제 너무 더웠다. 데이비드는 피아노 의자에서 일어나 잠옷 가운 앞을 풀어 헤친 채 시가를 뻐끔뻐끔 피우며 이리저리 서성거렸다. 물론 패트릭이 달아나서 화가 났다. 재미를 잡쳤다. 그러나 패트릭에게 안전하게 가할 수 있는 불편함의 분량을 잘못 계산했을지 모른다는 점은 스스로 인정했다.

데이비드는 유년기는 낭만적인 신화라는 주장에 의거한 교육관을 가지고 있었다. 그런 신화를 장려하기에는 너무 날카로운 혜안을 가졌던 것이다. 어린이는 약하고 무지한 미니 어른이기 때문에 약하고 무지한 면을 교정하는 데 필요한 모든 자극을 받아야 했다. 위대한 줄루족 전사였던 차카왕이 투사들에게 가시덤불을 밟아 짓이기게 해서 발을 단련시키는, 아마 일부는 분개했을, 훈련을 시켰듯이 데이비드는 아들에게 실망의 굳은살을 박이게 해서 초연할 수 있는 기술을 개발하게 할 작정이었다. 결국 데이비드가 아들에게 줄 게 달리 무엇이 있겠는가?

데이비드는 잠시 불합리하고 무력한 느낌이 들면서 숨을 쉴수가 없었다. 자기가 제일 좋아하는 허수아비에 개의치 않고 내려앉는 까마귀 떼를 쳐다보는 농부 같은 느낌이 들었다.

하지만 데이비드는 과감히 원래의 생각을 밀고 나갔다. 그래,

패트릭에게서 감사하는 마음을 기대하는 건 소용없는 일이다. 부싯돌 바닥을 밟고 달려도 발바닥에 아무것도 느끼지 못하는 차카의 투사들처럼, 언젠가는 패트릭도 아버지의 강경한 원칙에 얼마나 빚졌는지 깨달을 때가 있을 것이다.

패트릭이 태어났을 때 데이비드는 아들이 엘리너에게 위안 또는 영감이 될까 봐 걱정했다. 그래서 방심하지 않고 그렇게 되지 않도록 했다. 엘리너는 결국 패트릭의 '지혜'에 대한 어렴풋한 믿음에 스스로를 맡겼다. 그 지혜라는 자질이 대소변을 가릴 줄도 모르는 아들에게 있으리라고 생각한 것이다. 엘리너는 종이배에 아들을 태워 강물에 띄우고는 공포와 죄의식으로 지쳐 주저앉았다. 아내와 아들이 서로 좋아하게 될지도 모른다는 아주 자연스러운 우려보다도 더 중요했던 건 자기가 마음대로 할 수 있는 아들의 백지 같은 의식이었다. 예술가적 손가락으로 말랑말랑한 진흙을 빚는다는 생각은 데이비드에게 큰 기쁨을 주었다.

옷을 갈아입으러 위층으로 올라갈 때, 갑자기 압도적인 분통이 터졌다. 하루의 대부분을 화난 상태로, 최소한 짜증 난 상태로 보낼 뿐만 아니라, 무엇에도 놀라지 않으려 늘 주의를 기울이는 데이비드인데도 그런 자신에게 깜짝 놀랐다. 패트릭이 달아났기 때문에 분노했던 마음이 이제 더는 통제할 수 없는 격분으로 변했다. 데이비드는 심술 사납게 아랫입술을 쭉 내밀고, 두 주먹을 불끈 쥔 채, 성큼성큼 걸어 침실로 갔다. 한편으론 자기 자신이 처한 상황에서 달아나고픈 강한 욕망도 일었다. 헬리콥터에서 내려 웅크리고는 소용돌이치는 날개 아래에서 벗어나려는 사람처럼.

데이비드가 들어간 크고 흰 침실은 수도원 같은 느낌을 주었다. 짙은 갈색 타일이 깔린 맨바닥은 온돌식 난방이 들어오면 겨울에도 놀라울 정도로 따뜻했다. 벽에 걸린 단 한 점 그림은 가시 하나가 창백한 이마를 찌르고 있는 가시관을 쓴 그리스도 그림이었다. 아직도 방금 흘린 듯한 피 한 줄기가 매끈한 이마로 흘러내려 눈물 글썽한 눈을 향하고 있고, 눈은 머리에 쓴 그 놀라운 것을 소심한 표정으로 올려다보았다. 마치 '이게 정말 나란 말인가?'라는 듯이. 그것은 코레조의 그림으로, 이 집 안에서 단연 가장 값나가는 물건이었다. 그러나 데이비드는 그걸 자기 침실에 걸겠다고 고집했다. 다른 건 아무것도 바라지 않는다는 감언과 함께.

갈색과 금빛의 침대 머리판은 그때까지만 해도 발랑세 공작 부인이었던 엘리너 어머니가 골동품상에게서 산 것이었다. 골동품상은 공작 부인에게 그것은 나폴레옹이 적어도 한 번 이상 잔 침대의 머리판이라고 장담했다. 그것은 불 속에서 떠오르는 불사조 무늬로 뒤덮인 진녹색 포르투니 실크 침대보와 함께 수도사 방 같은 분위기를 한층 더 침해했다. 그와 같은 천으로 만든 커튼이 단순한 나무 봉에 걸려 있었고, 그 창문을 열면 연철 난간을 두른 발코니였다.

데이비드는 짜증스레 창문을 열고 발코니로 나갔다. 단정하게 늘어선 포도나무와 직사각형 라벤더 밭, 군데군데 있는 작은 솔밭, 멀리 낮은 구릉 지대에 펼쳐진 베카스읍과 생크로읍을 바라보았다. 유대인 친구들에게는 그 마을에 대해 "잘 맞지 않는 스컬캡* 같다"고 말하기를 좋아했다.

데이비드는 눈을 들어 길고 구불구불한 산등성이를 면밀히 관찰했다. 이날처럼 맑은 날에는 산이 굉장히 가깝고 황량해 보였다. 지금 기분에 합하고 응하는 게 풍경 속에 있는지 살폈지만, 그럴 때 흔히 하던 생각만 또다시 들 뿐이었다. 지금 꼭 쥐고 있는 난간에 기관총 한 자루만 고정시키면 골짜기 전체를 지배하기란 얼마나 쉬울까 하는 것이었다.

안절부절못하고 도로 침실로 들어가려고 돌아서던 찰나, 발코니 아래 무언가 움직이는 게 흘깃 보였다.

패트릭은 은신처에서 있을 수 있을 때까지 있었다. 그러다 볕이 들지 않아 추워지자 덤불 아래서 기어 나와, 하는 수 없다는 과장된 시늉을 하고는, 키 크고 시든 풀밭을 거쳐 집으로 향했

* 유대인 남성이 정수리에 딱 맞게 쓰는 챙 없는 작은 모자.

다. 홀로 부루퉁해 있는 건 쉽지 않았다. 패트릭은 관객의 필요성을 느꼈다. 그러나 그런 필요를 느끼지 않았으면 좋겠다고 생각했다. 누구를 응징하기 위해 없어질 엄두가 나지 않았다. 없어진 걸 누가 알아차리기나 할지 확실하지 않았기 때문이다.

패트릭은 곧장 천천히 걷다가 빙 뒤로 돌아 다랑이 벽 가장자리로 가서 골짜기 저편의 거대한 산을 물끄러미 바라보았다. 덩어리 모양의 산꼭대기와 그 옆에 점재하는 작은 형상들은 패트릭이 마음속으로 명령하는 대로 형체와 얼굴을 바꾸었다. 독수리 머리. 흉측한 코. 난쟁이 무리. 수염 달린 할아버지. 로켓선, 동굴 같은 눈구멍을 가진 나병 환자나 뚱뚱한 사람의 옆모습. 패트릭의 정신 집중으로 암석들이 연기가 되어 온갖 모양으로 변했다. 얼마 후 패트릭은 자기가 무엇을 생각하는지 더 이상 알 수 없었다. 상품 진열장을 구경할 때 그 안의 물건이 유리에 비친 자기 얼굴에 가려 안 보이자 그 얼굴만 넋을 잃고 바라보는 것처럼, 패트릭은 바깥세상에서 주입되는 인상들을 무시하고 그 뒤에 말로 표현할 수 없는 공상에 빠졌다.

점심 생각이 패트릭을 현재로 다시 끌어냈다. 그러자 큰 걱정이 엄습했다. 몇 시지? 너무 늦었나? 말 상대가 되어 줄 이베트가 아직 있을까? 아버지와 단둘이 먹어야 하는 걸까? 무단으로 결석한 정신이 제자리로 돌아오면 항상 낙심했다. 공백의 느낌을 즐겼던 것이다. 그러나 나중에 제정신을 차린 후에 무슨 생각을 하고 있었는지 기억나지 않을 때는 겁이 났다.

패트릭은 갑자기 내달았다. 점심 식사를 놓쳤으리라고 확신했다. 점심시간은 항상 1시 45분이었고 그 시간이 되면 이베트가 나와 패트릭을 불렀다. 하지만 덤불 속에 숨어 있어서 듣지 못했을지도 모를 일이었다.

집에 도착해 열린 문안을 들여다보니 이베트가 싱크대에서 상추를 씻고 있었다. 패트릭은 뛰느라 옆구리가 결렸다. 점심시간까지는 아직 시간이 좀 남은 것을 알 수 있었다. 그러자 그렇게 필사적으로 허둥지둥 뛰어온 것이 쑥스러웠다. 이베트가 싱크대에서 손을 흔들어 보였지만 패트릭은 허둥지둥한 모습을 보이고 싶지 않아서 손만 마주 흔들어 보이고는 마치 다른 볼일이 있다는 듯이 그냥 문 앞을 지나쳐 갔다. 패트릭은 이베트와 함께 앉아 점심을 먹으러 부엌으로 되돌아오기 전에 행운의 청개구리가 있는지 다시 한번 더 보기로 했다.

패트릭은 집 귀퉁이를 돌아 테라스 바깥쪽 가장자리의 낮은 담에 올랐다. 왼쪽은 높이가 5미터 정도 되는 절벽인데, 양팔을 벌려 균형을 잡고 그 위를 걸었다. 그리고 담 끝까지 가서 도로 테라스로 뛰어내렸다. 무화과나무가 보이는 정원 계단 꼭대기였다. 그때 아버지가 외치는 소리가 들렸다. "너 한 번만 더 그러기만 해 봐!"

패트릭은 깜짝 놀랐다. 어디서 난 소리지? 나한테 외친 건가?

패트릭은 휙 돌아 뒤에 누가 있는지 보았다. 가슴이 몹시 쿵쾅거렸다. 아버지가 다른 사람들에게, 특히 어머니에게 소리 지르는 걸 들은 적이 많았다. 그럴 때마다 패트릭은 겁이 나 멀리 달아나고 싶었다. 하지만 이번에는 가만히 서서 귀를 기울였다. 뭐가 잘못됐는지, 자기 탓인지 알고 싶었던 것이다.

"당장 이리 올라와!"

이제 그 목소리가 어디서 난 소리인지 알았다. 눈을 들어 올려다보니 아버지가 발코니 난간 너머로 몸을 내밀고 있었다.

"내가 뭘 잘못했어요?" 패트릭이 들릴락 말락 한 소리로 말했다. 아버지 얼굴이 너무 험상궂어서 패트릭은 자기가 결백하다는 확신을 잃어버렸다. 커지는 불안감을 안고서 자기가 무슨 범죄를 저질렀기에 아버지가 격분하는지 지난 시간을 돌이켜 보았다.

가파른 계단을 올라 아버지 침실에 이르렀을 때쯤 패트릭은 무슨 일이든 사죄할 준비가 되어 있었다. 다만 무슨 일로 사죄해야 하는지 알고 싶은 마음은 사라지지 않았다. 패트릭은 문턱에서 멈추고, 이번에는 아버지에게 들리게 다시 물었다. "내가 뭘 잘못했어요?"

"문 닫고 이리 와." 아버지가 자기에게 대답할 의무를 지운 아들에게 넌더리를 내는 소리였다.

패트릭은 천천히 방을 가로질러 가며 아버지의 노여움을 진정시킬 방법을 생각해 내려고 애썼다. 무언가 똑똑한 말을 하면 어쩌면 용서받을지도 모른다는 생각이 들었지만, 부쩍 멍청한 기분이 되어 똑같은 것만 반복해서 떠올랐다. 이 이는 사, 이 이는 사. 그날 아침 발견한 무언가를, 그게 아니더라도 무언가를, '모든 것에 주의를 기울였다'고 아버지를 설득시킬 수 있는 건 무엇이든 아무거나 기억해 내려 애썼다.

패트릭은 침대 옆에 서서 불사조가 그려진 초록색 침대보를 물끄러미 내려다보았다. 아버지는 말소리가 좀 지친 듯했다.

"너, 매 좀 맞아야겠다."

"내가 뭘 잘못했다고요?"

"잘 알면서 그래." 모든 걸 말살시키는 냉정한 목소리, 패트릭에게는 압도적으로 설득력 있는 목소리였다. 패트릭은 갑자기 자기가 잘못한 모든 일이 부끄러웠다. 자기의 전 존재가 실패에 오염된 듯했다.

아버지는 재빠르게 패트릭의 셔츠 칼라를 움켜잡았다. 그리고 침대에 앉아 오른쪽 허벅지 위로 패트릭을 끌어 올리고 왼발의 노란색 슬리퍼를 벗었다. 그렇게 빠르게 움직이면 보통은 통증 때문에 움찔했겠지만, 이런 좋은 목적에는 이바지할 젊음의 민첩함을 되찾았다. 그는 패트릭의 바지와 팬티를 벗기고 슬리퍼를 쥔 손을 오른쪽 어깨에 문제가 있는 사람치고는 놀라울 정도로 높이 쳐들었다.

첫 번째 타격은 놀랍도록 아팠다. 패트릭은 고통에 대해 치과의사들이 감탄해 마지않는 극기주의자적 태도를 취했다. 용감해지려고 노력했다. 하지만 마침내 아버지가 한껏 때리고 싶어 한다는 것을 깨닫고도 그걸 믿지 않으려 했다.

몸부림치면 칠수록 매를 더 세게 맞았다. 움직이고 싶은 마음이 간절했지만 움직이기 두려웠다. 이 불가해한 폭력에 생각이 분열되었다. 공포가 패트릭을 포위하고 개의 아가리처럼 패트릭의 몸을 물어 으깼다. 아버지는 다 때리고 난 뒤 사체인 양 패트릭을 침대에 떨어뜨려 놓았다.

패트릭은 여전히 달아날 수 없었다. 아버지 손에 오른쪽 어깨뼈를 눌려 꼼짝할 수 없었다. 마음을 졸이며 고개를 돌려 보았지만 아버지의 파란색 잠옷 가운만 보였다.

"뭐 하는 거예요?" 패트릭이 물었지만 아버지는 대답하지 않았다. 너무 겁이 나 똑같은 질문을 반복하지는 못했다. 어깨가 여전히 아버지의 손에 눌렸고, 얼굴은 침대보 주름에 짓이겨졌다. 패트릭은 제대로 숨 쉬지 못하고 커튼 봉과 열린 창문의 상단을 뚫어지게 쳐다보았다. 이제부터 가해지는 처벌이 어떤 형태인지 이해할 수는 없었지만, 아버지가 그런 아픔을 가하는 걸 보니 단단히 화가 났다는 건 알 수 있었다. 패트릭은 거세게 밀려오는 무력감을 견딜 수 없었다. 그 불공평을 견딜 수 없었다. 이 사람이 누구인지 알 수 없었다. 자기를 아버지가 이렇게 짓

Never Mind

이길 리 없었다.

커튼 봉 위에 올라갈 수 있다면, 거기에 앉아 아버지가 나를 내려다보듯 그 광경 전체를 내려다볼 수 있을 텐데. 잠시 동안 패트릭은 낯선 남자가 어린 소년에게 가하는 처벌을 초연하게 구경하며 그 위에 앉아 있다고 느꼈다. 패트릭은 모든 정신을 최대한 커튼 봉에 집중했다. 그러자 이번에는 좀 더 오래갔다. 패트릭은 그 위에서 팔짱을 끼고 벽에 기대어 앉아 있었다.

그리고 패트릭은 다시 침대로 내려왔다. 백지 상태 같은 무엇을 느끼며, 무슨 일이 일어나고 있는지 모를 무게를 지탱하며. 아버지의 씨근거리는 소리와 침대 머리판이 벽에 부딪치는 소리가 들렸다. 초록색 새들이 새겨진 커튼 뒤에서 도마뱀붙이가 나타나더니 열린 창문의 가장자리에 들러붙어 꼼짝도 하지 않았다. 패트릭은 도마뱀붙이를 향해 자신을 투척했다. 두 주먹을 꼭 쥐고, 집중력이 자기와 도마뱀붙이를 연결하는 전화선 같아질 때까지 정신을 집중하여 도마뱀붙이 몸속으로 사라졌다.

도마뱀붙이는 사정을 이해했다. 바로 그 순간 창문 가장자리를 급히 돌아서 외벽으로 나간 걸 보면. 아래를 보니 테라스까지 깎아지른 외벽과 울긋불긋한 아메리카담쟁이덩굴이 있었다. 발에 빨판이 달렸으니 지금 있는 벽에서 가까운 처마에 안전하게 거꾸로 매달릴 수 있었다. 패트릭은 회색과 오렌지색 이끼로

덮인 오래된 기와지붕으로 후다닥 올라가, 기와 사이의 골을 통해 용마루까지 올라갔다. 그리고 반대편 지붕으로 빠르게 내려가 어디론가 멀리 가 버렸다. 아무도 다시는 그를 찾지 못할 것이다. 패트릭이 어디로 갔는지 모를 테니까, 도마뱀붙이 몸속에서 몸을 돌돌 말고 있다는 걸 알 수 없을 테니까.

"거기 그대로 있어." 데이비드가 일어나 노란색과 흰색의 파자마 매무새를 만지며 말했다.

패트릭은 달리 아무것도 할 수 없었다. 처음엔 흐릿하게, 그리고 곧 좀 더 분명하게 자기가 처한 위치의 굴욕을 인지했다. 침대에 얼굴을 파묻은 상태에서 바지는 무릎께에 뭉쳐 있고, 이상하게 등뼈 꽁무니가 젖어 우려되었다. 패트릭은 피가 나는가 보다 했다. 아무래도 아버지가 칼로 등을 찔렀나 보다 했다.

아버지가 화장실에 가서 휴지 한 움큼을 가지고 돌아와, 패트릭의 궁둥이 사이로 조금씩 흐르기 시작해서 점점 차가워지는 점액을 닦아냈다.

"이제 일어나도 돼."

패트릭은 사실 일어설 수 없었다. 자발적 행위의 기억은 먼 옛날 같고 너무 복잡했다. 아버지는 성마르게 바지를 추켜올려 주고 패트릭을 침대에서 들어 내렸다. 패트릭이 침대 옆에 서자 아버지가 양어깨를 꽉 쥐었다. 겉보기에는 자세를 바로잡아 주려는 것이었지만, 패트릭은 아버지가 이번에는 속이 뒤집히고 허파와 심장이 가슴에서 터져 나갈 때까지 양어깨를 한꺼번에 누르려는가 보다고 생각했다.

그러나 데이비드는 그냥 허리를 구부리고 이렇게 말했다. "네 엄마든 누구에게든 오늘 있었던 일은 절대로 말하지 마, 그랬다간 **아주** 단단히 혼날 줄 알아. 알겠어?"

패트릭이 끄덕했다.

"배고프냐?"

패트릭은 고개를 가로저었다.

"그래, 근데 난 배고프구나." 데이비드가 너스레 떨듯 말했다. "너 정말 좀 더 많이 먹어야 하는데. 힘을 길러야지."

"이제 가도 돼요?"

"그래. 점심 먹고 싶지 않으면 가도 돼."

데이비드는 또다시 짜증이 났다.

패트릭은 진입로를 따라 내려갔다. 다 닳은 샌들 앞부리를 내려다보고 걷는데 3, 4미터 공중에 떠서 내려다보는 것처럼 자기 머리가 보였다. 패트릭은 자기가 보고 있는 소년에 대한 거북한 호기심을 느꼈다. 지난해 어머니가 보지 말라고 한 교통사고처럼 그것은 별로 자기 같지 않았다.

다시 땅으로 내려오자 패트릭은 처절한 좌절감이 들었다. 자주색 망토의 번득임이 없었다. 특수 부대원도 없었다. 도마뱀붙이도 없었다. 아무것도 없었다. 바위에 앉아 있던 바닷새들이 파

도의 파편을 피하듯이 다시 공중으로 날아오르려 했지만 움직
일 힘을 잃고 그대로 남아 물에 빠졌다.

8

데이비드는 점심을 먹으면서 어쩌면 고상한 척하는 중산 계급에 대한 경멸을 너무 무리하게 밀어붙였는지도 모른다는 느낌이 들었다. 캐벌리 앤드 가드스 클럽* 바에서조차 동성연애, 소아성애적 근친상간은 조금이라도 호의적으로 받아들여지리라는 확신을 갖고 자랑할 게 못 되었다. 다섯 살 먹은 아들을 강간했다는 얘기를 누구에게 할 수 있을까? 데이비드는 화제를 돌리지 않을 사람은 단 한 명도 생각할 수 없었다. 그것보다 더 심한 행동을 보일 사람들도 있을 것이다. 데이비드는 이베트를 보고 빙긋 웃었다. 배고파 죽을 지경이라고 하고 양고기 꼬치와

* 런던 상류 사회 사교 클럽의 하나.

강낭콩 요리를 손수 가져다 먹었다.

"오늘 주인어른께선 아침 내내 피아노를 치시네요."

"패트릭과도 놀았네." 데이비드가 경건한 투로 덧붙였다.

이베트가 그 나이의 아이들은 사람의 진을 뺀다고 말했다.

"진을 빼고말고!"

이베트가 나가자 데이비드는 로마네콩티를 한 잔 더 따랐다. 저녁 식사 때 쓰려고 지하 저장실에서 꺼내다 둔 것이었는데 혼자 마시기로 했다. 언제든 필요하면 더 가져올 수 있다. 로마네콩티는 양고기와 아주 잘 맞았다. '최고가 아니면 차라리 없이 산다'는 게 데이비드의 좌우명이었다. 실제로 '없이 사는' 일이 벌어지지 않는 한 그렇다는 것이다. 의심할 여지가 없이 데이비드는 관능주의자였다. 가장 최근에 일어난 사건의 경우, 의학적으로 위험한 짓은 하지 않았다. 궁둥이 사이에다 조금 마찰을 가했을 뿐이다. 언젠가는 학교에서 일어날 수도 있는 일이었다. 죄를 범한 게 있다면 아들 교육을 시작하는 일에 너무 극성을 부렸다는 점이었다. 나이가 벌써 예순이라는 사실을 의식했다. 아들에게 가르쳐 줄 것은 너무나 많은데 시간은 너무나 없었다.

데이비드가 접시 옆에 있는 작은 벨을 울리자 이베트가 식당으로 왔다.

"훌륭한 양고기 요리였네." 데이비드가 말했다.

"주인어른, 타르트 타탱 드릴까요?"

데이비드는 아쉽게도 배가 불러 타르트 타탱을 먹을 수 없었다. 간식 시간에 패트릭에게 티와 함께 먹게 하는 건 어떻겠느냐고 이베트에게 말했다. 데이비드는 커피면 됐다. 이베트에게 거실로 가져다주겠느냐고 물었다. 이베트는 물론 그러겠다고 했다.

데이비드는 다리가 뻣뻣했다. 의자에서 일어나 두어 걸음 비틀거리면서, 다문 이 사이로 날카롭게 숨을 들이쉬었다. "빌어먹을!" 데이비드는 갑자기 류머티즘 통증에 대한 내성을 모두 상실하고 위층 엘리너 방 화장실, 조제약의 천국에 가 보기로 했다. 꾸준한 알코올 공급과 이에 따른 자신의 영웅적 면모를 의식하기를 택하고 진통제는 좀처럼 먹지 않던 데이비드였다.

데이비드는 세면기를 받치고 있는 작은 장을 여는 순간 장관을 이룬 약통과 약병의 다양함에 감탄했다. 투명한 통, 노란색 통, 짙은 색 통, 초록색 뚜껑이 달린 오렌지색 통, 플라스틱으로 된 것, 유리로 된 것, 대여섯 개국에서 조제된 약들, 모두 표시된 복용량을 초과하지 말라고 충고했다. 각각 세코날, 맨드레익스*라고 표시된 봉투도 있었다. 다른 사람들 집 화장실 장에서 훔친 것이리라고 데이비드는 짐작했다. 진정제, 홍분제, 항우울제, 최면제 따위가 든 통과 병 사이를 샅샅이 뒤졌지만 의외로 진통제

★   세코날은 신경안정제, 맨드레익스는 진통제.

는 별로 없었다. 코데인 한 통, 다이커낼* 몇 알, 디스털제식** 몇 알을 겨우 발견했을 때, 뒤쪽에서 당의를 입힌 아편 알약 통이 나왔다. 2년 전 장암으로 인한 억제할 수 없는 설사를 완화시켜 주기 위해 장모에게 처방해 준 것이었다. 아주 짧았던 의사 생활을 접고 오랜 시간이 지난 뒤에 이 마지막 히포크라테스적 자비를 베풀었을 때 데이비드는 의술에 대한 향수에 젖었다.

세인트제임스가 해리스 약국의 예스러운 멋이 나는 라벨에 이렇게 쓰여 있었다. 'Opium(B.P. 0.6grains)'***, 그리고 그 밑에 '발랑세 공작 부인', 그리고 마지막으로 '필요할 때 복용'. 몇십 알이 남아 있는 걸 보면 장모는 아편 중독이 되기 전에 죽은 게 확실했다. 자비로운 방출, 하고 생각하며 데이비드는 아편 약통을 새발격자무늬 재킷 호주머니에 집어넣었다. 장모가 설상가상으로 아편 중독까지 되었더라면 정말 성가셨을 것이다.

데이비드는 18세기에 만들어진 둥글고 얇은 찻잔에 커피를 따랐다. 금색과 주황색의 나무 아래서 싸우는 금색과 주황색의 수평아리들로 장식된 찻잔이었다. 데이비드는 호주머니의 아편 약통에서 흰 알약 세 개를 손바닥에 털어 내 커피 한 모금과 함께 먹었다. 아편의 약효가 돌 때 편안히 휴식을 취할 생각

---

*   코데인은 아편에서 뽑은 진통제, 다이커낼은 진통제 상표.

**   심하지 않은 통증 치료에 쓰이는 진통제 상표.

***   아편(영국약전. 0.6그레인). 1그레인은 0.0648그램.

에 들떠 자기가 태어난 해에 주조된 브랜디로 그 기분을 자축했다. 그 브랜디 한 상자 값을 지불한 엘리너에게 말했듯이, 자기가 늙어 간다는 사실을 받아들이게 해 주는 선물이었다. 데이비드는 만족의 자화상을 완성하기 위해 시가를 피워 물고 창가의 안락의자에 푹 파묻혔다. 옆에는 서티스*의 낡은 『조록스의 소풍과 연회』가 놓여 있었다. 데이비드는 첫 문장이 주는 즐거움에 익숙했다. "혈통 좋은 도시 스포츠맨치고 한창 젊었을 때 가장 급한 볼일마저 접어 두고 저 유명한 '서리주州 예약 여우 사냥개' 떼와 함께 '아침을 대수롭게 보내지 않은' 사람이 어디 있는가?"

데이비드는 두어 시간 후에 잠에서 깼다. 교란된 잠에 의해 수천수만 개의 작은 고무줄로 잡아당겨지는 느낌이 들었다. 데이비드는 바지가 이루는 겹겹의 산마루와 골짜기에서 눈을 들어 커피 잔에 초점을 맞췄다. 잔 가장자리에 가는 띠가 빛을 발하며 둘려 있는 듯했다. 잔 자체는 작고 둥근 탁자 위로 약간 들려 있는 듯했다. 금색과 주황색의 수평아리들이 아주 천천히 서로의 눈을 쪼는 것을 보며 당황하면서도 그것에 매료되었다. 환

---

* 로버트 스미스 서티스(1805~1864). 영국 소설가, 스포츠 작가. 『조록스의 소풍과 연회Jorrocks's Jaunts and Jollities』는 존 조록스라는 사람이 사냥, 경주, 운전, 요트 따위를 추구하는 내용의 연재 글로 나중에 한 권의 책으로 모아졌다.

각을 보리라고는 생각지 못했다. 통증은 놀랍게도 사라졌지만 환각이 일으키는 통제력의 상실이 우려되었다.

치즈 퐁뒤 같은 안락의자에서 빠져 나와 방을 가로질러 가는데 모래 언덕을 오르는 느낌이 들었다. 찬 커피를 두 컵 따라 연속으로 들이켰다. 데이비드는 엘리너가 니컬러스와 그 애인이란 여자애를 데리고 도착하기 전에 정신 차릴 수 있기를 기대했다.

데이비드는 빠른 걸음으로 산책하고 싶어 나가려다 멈추어 주위의 사치스러운 빛을 감탄하며 바라보지 않을 수 없었다. 특히 중국제 장이 마음을 빼앗았다. 검은 칠이 된 표면에 알록달록한 인물들이 돋을새김되어 있는 장이었다. 느긋이 기댄 어느 중요한 고관을 태운 1인승 가마가 앞으로 이동하는가 하면, 납작한 밀짚모자를 쓴 하인들이 고관의 머리 위로 받쳐 든 파라솔이 어물어물 돌기 시작했다.

데이비드는 살아 움직이는 듯한 정경에서 마지못해 뒤돌아서 밖으로 나갔다. 신선한 공기로 메스꺼움을 떨쳐 버리고 통제력을 되찾을 수 있을지 알기도 전에 엘리너의 차가 진입로를 내려오는 소리가 들렸다. 그러자 데이비드는 방으로 되돌아가 서티스의 책을 집어 들고 서재로 갔다.

앤이 자기 집에 내렸을 때 니컬러스가 운전석 옆자리로 옮겨 탔다. 브리짓은 뒷좌석에서 팔다리를 아무렇게나 벌리고 잠에 취해 있었다. 엘리너와 니컬러스는 브리짓이 모르는 사람들의 이야기를 하고 있었다.

"여기가 얼마나 아름다운지 잊을 뻔했어요." 니컬러스가 집에다 와서 말했다.

"난 여기 사는데도 싹 다 잊은걸요."

"저런, 슬픈 말이군요. 사실이 아니라고 말해 줘요, 빨리요. 안 그러면 차를 마시지 못할 거예요."

"알았어요. 사실이 아니에요." 엘리너가 자동 창문을 내리고 담배꽁초를 내던지며 말했다.

"바로 그겁니다."

브리짓은 새로운 환경에 대해 할 말이 아무것도 없었다. 차창을 내다보니 담청색 덧창이 달린 커다란 집이 있고, 그 옆으로 폭이 넓은 계단이 있었다. 등나무와 인동덩굴이 측면 벽 여기저기에 기어오르기도 하고 늘어지기도 하며 석재의 단조로움을 깨 주었다. 브리짓은 그 모든 것 전부를 이미 본 듯한 느낌이 들었다. 게다가 대충 훑어본 어느 잡지 사진에서 본 것에 비하면 눈앞의 현실은 빈약할 뿐이었다. 마리화나 기운에 흥분되었던 브리짓은 자위가 몹시 하고 싶었다. 주위에서 재잘거리는 소리는 멀게만 느껴졌다.

"프랑수아가 짐을 옮기러 올 거예요. 차에 그냥 놔두면 나중에 방으로 가져갈 거예요."

"아이, 괜찮아요. 짐 가방 정도는 들 수 있어요." 니컬러스는 '분발하라'고 말하기 위해 잠시 브리짓과 방에 단둘이 있고 싶었다.

"아뇨, 정말이에요, 프랑수아더러 하라고 내버려 둬요. 어차피 오늘 하루 종일 일할 게 없었어요." 엘리너는 데이비드와 단둘이 있고 싶지 않았다.

니컬러스는 말없이 브리짓에게 못마땅한 눈초리를 보내는 것으로 만족해야 했다. 브리짓은 일행에게서 떨어져 혼자 포석 사이의 틈을 피해 가며 계단을 내려갔다. 니컬러스에게는 눈길 한 번 주지 않았다.

모두 현관에 들어섰을 때 엘리너는 데이비드가 없는 것을 알고 기뻤다. 욕조에 빠져 죽었는지도 모르지. 그러나 그건 어디까지나 희망 사항이었다. 엘리너는 니컬러스와 브리짓을 테라스로 내보내고, 이베트에게 차 준비를 시키러 부엌으로 갔다. 그리고 그들에게 돌아가기 전에 브랜디 한 잔을 마셨다.

"가끔 참고 가벼운 말 정도도 나누지 못해?" 니컬러스는 단둘이 있게 되자마자 브리짓에게 말했다. "엘리너와 단 한마디도 안 했잖아."

"알았어요." 브리짓은 여전히 돌 사이의 틈을 열심히 피해 가며 발을 디뎠다. 그러다 니컬러스를 돌아보고 주위에 다 들리게 속삭이듯 말했다. "여기가 거기예요?"

"뭐?"

"엘리너를 네발로 기게 만든 무화과나무 아래."

니컬러스는 머리 위의 창문을 올려다보았다. 지난번에 묵었던 침실에서 귓결에 들려온 대화가 생각났기 때문이다. 그러고 나서 입에 손가락을 갖다 대고 고개를 끄덕했다.

나무 아래에 무화과가 너저분했다. 어떤 건 말라빠져 검은 얼룩과 씨 몇 개의 흔적만 남았지만, 아직 썩지도 않고, 탁한 흰색 막에 싸인 자줏빛 껍질이 갈라지지도 않은 무화과가 많았다. 브리짓은 바닥에 개처럼 네발로 엎드렸다.

"도대체 뭐 하는 거야!" 니컬러스가 브리짓 옆으로 날듯이 가며 호통쳤다. 바로 그때 거실 문이 열렸고, 이베트가 쟁반에 케이크와 잔을 받쳐 들고 나왔다.

이베트는 방금 벌어진 일을 흘끗 보았을 뿐이지만, 영국 부자들은 동물의 왕국과 이상한 관계를 맺고 있는 것 같다는 의심을 확인하기에는 그것으로 충분했다. 브리짓은 히죽히죽 웃으며 일어섰다.

"Ah, fantastique de vous revoir, Yvette아, 만나서 정말 반가워요, 이베트." 니컬러스가 말했다.

"Bonjour, Monsieur."

"Bonjour." 브리짓이 얌전하게 말했다.

"Bonjour, Madame." 이베트가 힘차게 말했다. 미혼인 줄 알면서도 브리짓을 부인이라고 불렀다.

"데이비드!" 니컬러스가 이베트 머리 위쪽을 향해 우렁차게 말했다. "어디 숨어 있었어요?"

데이비드가 니컬러스를 향해 시가 든 손을 흔들었다. "서티스 책에 빠져 있었네." 그러면서 테라스로 나왔다. 데이비드는 뜻밖의 일들로부터 자기를 보호하는 선글라스를 쓰고 있었다. "안녕하세요, 아가씨." 브리짓에게 인사했지만 이름은 기억나지 않았다. "엘리너는 어디 있지? 분홍색 바지가 모퉁이를 돌아가는 걸 얼핏 봤는데, 내가 불러도 대답을 안 하더라고."

"내가 마지막으로 봤을 때 엘리너가 입은 것도 분명 분홍색이었는데요." 니컬러스가 말했다.

"분홍색 옷은 엘리너한테 참 잘 어울린다고 생각하지 않아요?" 데이비드가 브리짓에게 말했다. "눈 색깔과 잘 맞지."

"차 좀 따라 줄래?" 니컬러스가 재빨리 말했다. 브리짓이 차를 따르는 동안 데이비드는 니컬러스에게서 몇 걸음 떨어진 낮은 담에 가서 앉았다. 시가를 톡톡 두드려 재가 떨어진 발치를 보니 담을 따라 줄지어 행진하는 개미들이 구석의 개미집으로 들어가고 있었다.

브리짓은 두 남자에게 차를 가져다주었다. 그리고 자기 것을 가지러 가려고 돌아서려는데 데이비드가 시가 끝을 개미들에게 바짝 대고 팔이 무리 없이 닿는 데까지 좌우로 죽 그었다. 개미들은 그 열기에 고통스러워하며 몸을 비틀다 바닥에 떨어졌다. 어떤 놈들은 떨어지기 전에 뒷발로 일어서 앞다리로 바느질하듯 상한 몸을 수선하려고 무력하게 발버둥 쳤다.

"여기서 참 문명화된 생활을 하시는군요." 브리짓이 짙은 파란색 갑판의자에 앉으면서 크게 말했다.

니컬러스는 눈알을 뒤룩 위로 굴렸다. 도대체 왜 브리짓에게 가벼운 대화를 나누라고 했는지 자기도 알 수 없었다. 니컬러스는 침묵을 덮으려고 그 전날 다녀온 조너선 크로이든 추도식에 대해 언급했다.

"요즘 자네는 추도식에 더 자주 가나, 결혼식에 더 자주 가나?" 데이비드가 물었다.

"아직은 결혼식 청첩장을 더 많이 받죠. 추도식에 가는 게 더 재미있는데."

"선물을 준비하지 않아도 되니까?"

"아니 뭐, 그런 것도 무시할 수는 없지만, 그보다는 정말 유명한 사람이 죽었을 때의 조문객 수준이 더 나으니까요."

"그 사람의 친구들이 모두 먼저 죽지만 않았다면."

"그러면 그런 자리는 물론 견딜 수 없죠." 니컬러스는 단정적으로 말했다.

"파티를 망치는 거지."

"물론이죠."

"난 추도식에 찬성하지 않아." 데이비드가 시가를 한 모금 빨았다. "대부분의 사람들 인생에서 기릴 만한 가치가 있는 게 뭐가 있는지 짐작이 안 가기도 하지만, 장례식과 추도식 사이의 기간이 대개는 너무 길어서, 죽은 친구의 혼령을 되살아나게 하기는커녕, 그 사람이 없어도 남은 사람들이 쉽게 살아갈 수 있다는 걸 보여 줄 뿐이기 때문이야." 시가 끝이 데이비드의 입바람에 빨갛게 달아올랐다. 아편 때문에 자기 말을 다른 사람 말처럼 듣는 느낌이 들었다.

"죽으면 그뿐이야. 사실 말이지, 산 사람도 저녁 식사 파티에 발길을 끊으면 잊히기 마련이잖은가. 물론 예외는 있지. 저녁 식사 **중에 벌써** 잊히는 사람들이 있듯이."

데이비드는 옆으로 샌 개미 한 마리를 시가로 잡았다. 마지막 소이탄 폭격으로 더듬이를 그을리고 달아나던 놈이었다. "누구를 정말 보고 싶으면 둘이 함께하던 무언가를 하는 게 낫지. 그게 외풍이 있는 교회에서 검은색 코트를 입고 찬송가나 부르며 우두커니 서 있는 것이었다면 모를까. 아무튼 아주 기이한 경우가 아니라면 그런 일은 있을 법하지 않지만."

그래도 개미는 놀라운 속력으로 달아나 먼 쪽 담장에 거의 다이르렀다. 그때 데이비드는 조금 더 팔을 뻗어 외과 의사의 정확성을 발휘해 살짝 시가 끝을 갖다 댔다. 개미는 불에 그을리고 부풀어 격렬히 꿈틀거리다 죽었다.

"추도식은 원수의 추도식만 가야 하네. 원수보다 오래 살았다는 기쁨과는 별도로, 휴전 협정을 맺을 좋은 기회지. 용서는 대단히 중요하니까, 안 그런가요?"

"어유, 그렇죠. 특히 다른 사람에게 용서를 받는 건"이라고 브리짓이 답했다.

데이비드가 그녀를 부추기듯 웃음을 지어 보이다 엘리너가 나오는 것을 보았다.

"아, 엘리너, 방금 조너선 크로이든 추도식 얘기를 하고 있었어요." 니컬러스가 과장된 기쁨을 보이며 싱긋 웃었다.

"한 시대가 막을 내린 게 아닌가 해요." 엘리너가 말했다.

"크로이든은 에벌린 워의 여장 파티에 갔던 사람들 중 마지막 생존 인물이었죠." 니컬러스가 말했다. "남장보다는 여장에 더 뛰어났다고 해요. 영국인 한 세대 전체에 귀감이 되었죠. 그러니까 생각나는데, 추도식이 끝나고 아주 성가시고 간살부리는 어떤 인도 사람을 만났는데, 카프 페라에서 조너선과 지내기 전에 여기에 왔었다고 하던데요."

"비제이인 게 틀림없군요. 빅터가 데려온 사람이에요." 엘리너가 말했다.

"바로 그 사람이에요." 니컬러스가 끄덕였다. "내가 여기에 오는 걸 아는 것 같았어요. 전혀 본 적이 없는 사람이라서 정말 놀라웠죠."

"비제이는 결사적으로 시속을 따르는 사람이야. 그래서 결과적으로 자기가 만나 본 적도 없는 사람들에 대해 아는 게 다른 무엇보다도 많지."

엘리너는 색 바랜 파란색 방석이 깔린 허약한 흰 의자에 앉았다. 그러나 금방 도로 일어나 의자를 무화과나무 그늘 쪽으로 더 끌어다 놓았다.

"조심하세요. 무화과 으깨져요." 브리짓이 말했다.

엘리너는 아무런 말도 하지 않았다.

"무화과를 낭비하는 건 유감스럽죠." 브리짓이 바닥에서 무화과를 집으려고 몸을 구부리며 천연덕스레 말했다. "이건 아주 멀쩡한데요." 그리고 입으로 가져갔다. "껍질이 자주색이면서 흰빛이 도는 게 아주 묘해요."

"폐기종 있는 술꾼처럼." 데이비드가 엘리너를 보고 웃었다.

브리짓은 입을 동그랗게 벌리고 무화과를 집어넣었다. 그때 갑자기, 나중에 배리에게 "마치 그 사람이 내 자궁에 주먹을 밀어 넣는 것 같은 굉장히 강렬한 느낌이었어"라고 묘사한 무엇을 데이비드에게서 느꼈다. 브리짓은 무화과를 삼켰지만, 갑판의자에서 일어나 데이비드에게서 더 멀리 떨어지고픈 신체적 욕구를 느꼈다.

브리짓은 정원 테라스 위쪽의 담장 가장자리 옆을 따라 걸었다. 자신의 갑작스러운 행위를 해명하고 싶어 양팔을 활짝 펼치고 경치를 얼싸안았다. "정말 완벽한 날이에요." 아무도 대꾸하지 않았다. 무언가 할 말을 찾으려고 경치를 살피는데, 정원 먼쪽에서 얼핏 작은 움직임이 보였다. 처음엔 배나무 아래 무슨 동물이 웅크린 건가 생각했다. 그 형체가 일어서자 브리짓은 그게 어린아이란 걸 알았다. "저기 있는 아이가 부인의 아들인가요? 저기 빨간색 바지 입은 아이요."

엘리너가 브리짓 옆으로 갔다. "네, 패트릭이에요." 그리고 크게 외쳤다. "패트릭! 간식 줄까?"

아무런 대답이 없었다. "안 들리나 봐요." 브리짓이 말했다.

"안 들리긴. 성가시게 괜히 저러는 거야." 데이비드가 말했다.

"우리가 못 듣는 건지도 몰라요." 엘리너가 다시 외쳤다. "패트릭! 와서 우리랑 간식 먹자!"

"고개를 젓네요." 브리짓이 말했다.

"아마 벌써 두어 차례 먹었겠죠. 저 나이 때 아이들이 그렇잖아요." 니컬러스가 말했다.

"정말이지, 어린아이들은 너무 **귀여워요**." 브리짓이 엘리너를 보고 웃었다. 그리고 아이들을 귀엽게 여기는 대가로 자기의 요청을 들어줘야 한다는 듯이 똑같은 어조로 말을 이었다. "엘리너, 우리가 쓸 방 좀 알려 주세요, 가서 씻고 짐도 풀고 했으면 좋겠어요."

"물론이죠. 안내해 줄게요."

엘리너가 브리짓을 데리고 안으로 들어갔다.

"자네 애인 아주, 뭐랄까 '명랑하다'고나 할까 그러네." 데이비드가 말했다.

"네, 당분간 아쉬운 대로."

"변명할 필요 없어. 아주 매력적인걸. 우리 진짜 음료수 한잔 할까?"

"좋은 생각입니다."

"샴페인?"

"좋습니다."

샴페인을 가지러 간 데이비드가 맑은 병의 목을 싼 금박 납종 이를 떼면서 다시 나타났다.

"크리스털이군요." 니컬러스가 의무적으로 말했다.

"최고가 아니면 차라리 없이 살겠네." 데이비드가 말했다.

"그걸 보니 찰스 퓨지 생각이 납니다. 지난주에 찰스하고 윌튼 레스토랑에서 그걸 한 병 마시다가 내가 군터를 기억하느냐고 물었어요. 조너선 크로이든의 그 입에 담기도 싫은 대필 조수죠. 그러자 찰스가 큰 소리를 치더군요. 아시죠? 찰스가 얼마나 귀가 먹었는지. 아무튼 찰스가 '대필 조수? 남색자 말이군. **입에 담기도 싫은 남색자야**' 하더군요. 그러니까 사람들이 모두 고개 돌려 우리를 빤히 쳐다보더라고요."

"찰스랑 있으면 반드시 사람들이 쳐다보게 돼 있어." 데이비드가 씩 웃었다. 찰스는 늘 그런 식이었다. 찰스가 얼마나 익살 맞은지 그 진가를 알려면 찰스를 알아야 했다.

브리짓에게 배정된 침실은 온통 꽃무늬 사라사로 도배되어 있고, 로마의 유적지 판화가 벽마다 걸려 있었다. 침대 옆에 모즐리 부인의 『대조적 인생』*이 놓여 있었다. 브리짓은 현재 읽고 있는 『마약의 골짜기』**를 그 위에 올려놓았다. 그리고 창가에 앉아 마리화나를 피우며 연기가 미세한 모기장 구멍으로 빠져나가는 것을 지켜보았다. 니컬러스가 "입에 담기도 싫은 남색자"라고 외치는 소리가 아래에서 들려왔다. 학창 시절의 추억을 이야기하고 있는가 보다. 어른이나 애들이나 사내는 어쩔 수 없다.

브리짓은 한쪽 다리를 창턱에 올려놓았다. 한 모금만 더 빨면 손가락이 델 텐데, 왼손에는 여전히 마리화나를 든 채, 오른손을 다리 사이에 집어넣어 자위하기 시작했다.

"집사가 자기편인 한, 대필 조수건 뭐건 상관없다는 걸 말해주죠."

데이비드가 그 말을 받아 말했다. "인생은 어딜 가나 늘 똑같지." 단조로운 어조였다. "무슨 일을 하느냐가 아니라 누구를 아느냐가 중요한 거지."

---

* 『A Life of Contrasts』, 다이애나 미트퍼드(1910~2003)의 자서전.

** 『Valley of the Dolls』(1966). 미국 소설가 재클린 수잰의 데뷔 소설.

이 중요한 금언의 예를 그런 우스꽝스러운 일에서 발견했다는 사실에 두 사람은 웃고 말았다.

브리짓은 침대로 자리를 옮겼다. 노란색 침대보 위에 엎드려 다리를 벌렸다. 눈을 감고 자위하기 시작하자 데이비드 생각이 정전기 충격처럼 덮쳤지만 배리 때문에 흥분했던 추억을 억지로 떠올리고 충성스럽게 그것에 집중했다.

9

빅터는 글이 잘 안 써지면 신경과민이 되어 회중시계를 쥐고 뚜껑을 짤깍 열었다 닫았다 하는 버릇이 있었다. 주위 사람들의 활동에서 나오는 소음에 산만해질 때 스스로 소음을 내면 집중에 도움이 되었다. 공상을 하다 사색에 잠기면 뚜껑을 치는 손가락의 움직임과 짤깍 하는 소리가 느려지다가도 좌절감에 맞닥뜨리면 그 속도가 빨라졌다.

오늘 아침은 얼룩덜룩하고 두툼한 스웨터를 입었다. 옷이 중요하지 않을 때 입으려고 악착같이 찾아서 산 것이었다. 개인적 독자성의 필요충분조건에 대한 글을 시작하리라고 단단히 마음먹었다. 그리고 앞마당에 나가 약간 흔들거리는 나무 탁자에 앉았다. 노랗게 물들어 가는 플라타너스 가지가 그늘을 드리우는 자리였다. 기온이 상승하자 스웨터를 벗고 셔츠 차림이 되었다. 점심시간까지 기록한 생각은 단 하나였다. "나는 써야 하는 책을 썼지만 사람들이 읽어야 하는 책은 아직 쓰지 못했다." 빅터는 코키에르 레스토랑까지 걸어가서 파란색과 빨간색, 노란색으로 된 리카르 파스티스 사社의 파라솔 아래 앉아 세 코스 점심을 먹는 대신, 대충 샌드위치를 만들어 먹는 걸로 스스로를 벌했다.

빅터는 부지불식간에 그날 아침 엘리너가 어리둥절해서 "그 말이 뭐더라? 그러니까, 생각이 그 사람을 규정한다, 라든가 하는"이라면서 한마디 보탠 것을 계속 생각했다. 생각이 그 사람을 규정한다, 라. 어리석은 말이었다. 도움이 안 되는 말이었다. 그런데도 그 말이 어둠 속의 모기처럼 귓가에서 계속 윙윙거렸다.

소설가가 왜 실재하지 않는 인물들을 만들어 내고, 그들에게 중요하지 않은 일을 하게 하는지 자문할 때가 있는 것처럼, 철학자도 왜 사실이 그러함에 틀림없음을 결정하기 위해 있을 수 없는 사실을 만들어 내는지 자문할 수 있을 것이다. 오랫동안 자기의 연구 주제에 소홀했던 빅터는 있을 수 없는 일이 필연에 이르는 최선의 길이라는 것에는 전적인 확신을 갖지 못했다. 최근에 '과학자들은 내 두뇌와 신체를 파괴하고, 게다가 새 물질로 그레타 가르보의 복제를 만든다'는 스톨킨의 극단적 주장을 재고했더라면 확신을 가질 수 있었을지도 모른다. '나, 그리고 그 결과로 생기는 사람 사이에는 아무런 연관성이 없을 것'이라는 스톨킨에게 어떻게 동의하지 않을 수 있을까?

그렇지만 뇌가 절반으로 나뉘어 일란성 쌍생아에게 가는 경우, 개인이 가지는 독자성의 의식이 어떠하리란 것을 안다고 생각하는 건, 다시 철학적 논쟁의 급류에 뛰어들기 전인 지금으로선, 자기가 누구인지 안다는 게 무엇인지에 대한 지적인 묘사를 대신하는 보잘것없는 행위인 듯 생각되었다.

빅터는 익숙한 비소돌* 소화제가 든 통을 가지러 안으로 들어갔다. 늘 그렇듯 샌드위치를 너무 급하게 먹었다. 칼을 삼키는 곡예사처럼 목구멍에 밀어 넣다시피 한 것이다. 빅터는 자아가 주로 '머릿속의 이상한 움직임, 그리고 머리와 목구멍 사이의 이상한 움직임'으로 이루어져 있다는 윌리엄 제임스의 말을 생각하고 그것을 새로이 음미했다. 적어도 거기서 약간 아래로 내려온 곳의 위와 창자에서 일어나는 이상한 움직임이 개인적인 것으로 느껴지긴 했다.

빅터는 다시 앉아 자기가 생각하는 모습을 머릿속에 그리고, 그 모습을 자기 내면의 공허 위에 겹쳐 놓으려 해 보았다. 자기 본질이 하나의 생각하는 기계라면 정비를 받아야 할 필요가 있

★　　Bisodol. 소화제의 일종.

었다. 그날 오후 빅터의 뇌리를 떠나지 않은 건 철학적 문제가
아니라 철학에 문제가 있다는 것이었다. 그렇지만 이 두 종류의
문제가 구분되지 않는 경우가 얼마나 많은지 모른다. 비트겐슈
타인은 철학자가 문제를 취급하는 일은 질병을 치료하는 일과
같다고 했다. 하지만 무슨 치료법을 쓰지? 변비약? 거머리? 언
어의 감염을 퇴치하는 항생제? 밀가루 반죽 같은 감각 덩어리를
분해해 줄 소화제? 하고 생각하는 중에 가벼운 트림이 나왔다.

　우리가 말하는 방식이 그렇다고 우리는 생각을 사상가 덕분
으로 돌리지만, 그런 생각을 한 사상가로 개인을 지목하지 않아
도 좋다. 그렇지만 이 경우, 인기 있는 수요에 머리를 숙여서 안
될 게 뭐 있겠는가? 빅터는 게으르게 생각했다. 머리와 정신에
관해 말하자면, 범주적으로 다른 두 가지 현상, 즉 두뇌 작용과
의식이 동시에 발생하는 게 정말 문제가 있는 건가? 그게 아니
라면 문제는 범주에 있는 걸까?

　언덕 아래에서 자동차 문이 쾅 닫히는 소리가 들려왔다. 엘리
너가 진입로 앞에서 앤을 내려 준 것이리라. 빅터는 회중시계를
홱 열어 시간을 보고 뚜껑을 짤깍 닫았다. 지금까지 무엇을 성
취했지? 거의 아무것도 성취하지 못했다. 풍부한 발상에 혼동되
어, 또 같은 질의 건초 사이에서 망설이는 뷔리당의 당나귀처럼
굶게 된 비생산적인 날이었다. 오늘은 철저히 한 걸음도 나아가
지 못했다.

빅터는 앤이 진입로의 마지막 굽은 부분을 돌아오는 것을 지켜보았다. 흰 드레스가 극도로 눈부셨다.

"나 왔어."

"응." 빅터가 아이같이 침울하게 말했다.

"잘돼 가?"

"응, 정말 무익한 운동이었어. 하지만 아무런 운동도 하지 않는 것보단 낫겠지."

"그 무익하다는 운동, 무시하지 마. 그것도 큰 사업이니까. 아무 데도 가지 않는 자전거, 트레드밀에 올라 아무 데도 가지 않으면서 오래 걷기, 들 **필요가** 없는 무거운 것 들기."

빅터는 자기가 써 놓은 한 문장을 내려다보며 침묵했다. 앤이 빅터의 양어깨에 손을 얹었다. "우리가 누구인지에 대한 중대한 소식이 없나 보네?"

"응. 물론 개인적 독자성은 허구야, 완전한 허구. 잘못된 방법으로 이른 결론이긴 하지만."

"그 방법이 뭔데?"

"그것에 대해 생각하지 않기."

"근데 그건 영국 사람들이 '그는 그 문제에 무척 달관한 듯해'라고 말할 때 의미하는 거 아닌가? 무언가에 대한 생각을 그만두었다는 의미." 앤이 담배에 불을 붙였다.

"그렇지만 오늘은 사색할 때 언젠가 내가 가르친 호전적인 학부생 생각이 나더군. 그 학생이 그랬어, 내가 행한 개별 지도가 '그래서 어쨌다는 것인지 테스트'를 통과하지 못했다고."

앤은 탁자 모서리에 앉아 한쪽 발가락으로 다른 한쪽 발의 캔버스 신발을 벗겼다. 다시 일하는 빅터의 모습을 보니 아무리 성과가 없어도 좋았다. 앤이 한쪽 맨발을 빅터의 무릎에 얹었다. "어때요, 교수님, 이거 내 발인가요?"

"글쎄, 어떤 철학자들은 그러겠지, 어떤 경우에 따라 '발에 통증이 있느냐 없느냐의 여부로 결정될 것'이라고." 빅터가 두 손바닥으로 컵을 받치듯이 앤의 발을 들어 올리며 말했다.

"쾌감이 있는 발은 뭐가 문제길래?"

빅터는 이 터무니없는 질문을 진지하게 검토했다. "응, 인생과 마찬가지로 철학에서도 쾌감은 환각일 가능성이 많으니까. 고통은 소유의 열쇠야." 빅터는 햄버거를 집어 든 굶주린 사람처럼 입을 크게 벌렸다가 도로 다물고 모든 발가락에 살짝 입을 맞췄다.

빅터가 발을 내려놓자 앤은 신발 한 짝을 걷어차듯 벗었다. "금방 올게." 앤은 맨발로 따뜻하고 모난 자갈을 살살 밟으며 부엌으로 갔다.

빅터는 고대 중국 사회에서는 앤의 발을 가지고 한 이 작은 유희는 견딜 수 없으리만치 스스럼없는 행동으로 여겨졌으리라고 흐뭇하게 생각했다. 중국인들이 볼 때 묶이지 않은 발은, 생식기는 절대로 성취할 수 없을 방종을 상징했다. 다른 시대, 다른 장소였다면 자기의 욕정이 얼마나 강렬했을까 하는 생각에 흥분을 느꼈다. 빅터는 『몰타의 유대인』*에 나오는 구절을 생각했다. "당신이 저지른 짓은 간음이오—네, 그러나 그건 딴 나라에서였어요. 게다가 그 여자는 죽었어요." 빅터는 과거에는 **일반적인** 쾌감의 총합을 늘리는 걸 목적으로 삼는 실용주의적인 색마였다. 외모가 전혀 매력적이지 않기 때문에 언제나 영리한 머리에 의존해서 여자를 꾀었다. 더 못생겨지고 더 유명해지면서 유혹의 도구, 말솜씨, 희열의 도구인 몸은 부쩍 더 큰 떳떳하지 못한 대비를 보였다. 심신 상관 문제의 그 측면은 일상적으로 다가오는 새로운 유혹들 때문에 성행위를 할 때보다 더 불쾌하게 두드러져 보였다. 그러자 빅터는 살아 있는 여자와 같은 나라에서 살 때가 되었을지 모른다고 생각하기에 이르렀다. 어려운 점은 육체적인 결핍 다음에 지적인 결핍이 오지 않게 하는 것이었다.

앤은 오렌지 주스 두 잔을 가지고 나와 한 잔은 빅터에게 주었다.

"무슨 생각했어?"

"당신이 다른 사람 몸에 들어가도 똑같은 당신일까 하는 생

★   『The Jew of Malta』(1589). 크리스토퍼 말로의 희곡.

각." 빅터는 거짓말했다.

"자기 자신에게 물어봐. 내가 캐나다 벌목꾼 같아 보이면 내 발가락을 입에 넣겠어?"

"그 안에 든 게 **당신**이란 걸 안다면." 빅터가 의리를 보였다.

"안전화 안에?"

"그럼!"

그들은 서로 마주 보고 웃었다. 빅터는 오렌지 주스를 한 모금 마셨다. "그런데 오늘 엘리너와 소풍 갔던 건 어땠어?"

"집에 오는 길에 그런 생각이 들었어, 오늘 모이는 사람들은 모두 저녁 식사에 올 다른 모든 사람들에 대해 고약한 말들을 했을 거라고. 내가 이러면 당신은 나더러 아주 원시적이고 미국적이라고 할 걸 알지만, 그날 하루 종일 서로 모욕하던 사람들과 함께 저녁 식사까지 하는 건 뭐야?"

"그래야 그 다음날 또 무언가 모욕적인 말을 할 거리가 생기니까."

"아, 그렇지!" 앤은 헉 하고 숨을 내쉬며 말했다. "**내일이 또 있지**. 그렇게 다른데 그렇게 비슷하다니."

빅터는 불안해 보였다.

"차에서 서로 모욕했어? 아니면 데이비드하고 나만 공격한 거야?"

"그 어느 쪽도 아니야. 하지만 난 알아, 다른 모든 사람들이 모욕당한 걸로 미루어 우리는 점점 더 작은 화합물로 잘게 분리되다가 결국 모두는 다른 모두에 의해 다루어질 거란 걸."

"그거야 그게 매력이니까. 같이 사는 사람을 제외한 모든 사람들에게 악의적인 사람이 되면, 그 제외된 사람은 면제의 특권으로 빛나거든."

"그게 매력이라면 이번 경우에 그 매력은 끝장났어. 우리는 누구도 면제되지 않는다는 느낌이 들었으니까."

"저녁 같이 먹을 사람들 중 누구에 대한 무슨 고약한 말로 당신 이론이 옳다는 걸 증명하려는 거야?"

앤이 웃으며 말했다. "아니 뭐, 말이 나왔으니 말인데, 니컬러스 프랫은 완전 재수 없는 사람이라는 느낌이 들었어."

"무슨 말인지 알아. 그 친구의 문제는 정치를 하고 싶어 했는데 오래전에 섹스 스캔들로 간주된 사건으로 끝장났지. 지금은 그게 아마도 '개방적인 결혼'이라고 불리겠지만. 대부분은 장관이 될 때까지 기다리다 섹스 스캔들로 정치 인생을 망치는데, 니컬러스는 노동당 당선이 확실한 선거구의 보궐 선거에 출마해서 당 중앙본부를 감동시키려고 애쓰는 중에 그만 본의 아니게 망쳤지."

"조숙했던 거네. 그런데 무슨 사고를 쳤길래 낙원에서 추방당했어?"

"여자 둘을 끼고 자다가 아내한테 들켰지. 그런데 아내가 '당신의 남자 곁을 지켜요'란 말을 무시하기로 한 거야."

"들어 보니까, 비집고 들어갈 곁도 없었는데 뭘. 근데 자기 말마따나 타이밍이 안 좋았네. 그때만 해도 텔레비전에 나가 '정말 해방감을 주는 경험'이었다고 고백할 수도 없었으니."

빅터가 짐짓 놀라는 척하며 강의하듯 손가락 끝을 모아 양손으로 둥글게 원을 그렸다. "보수당이 장악한 영국 시골 벽지에 가면 지금도 공천위원회의 기혼 여성이라고 **전부** 그룹 섹스를 하지는 않는 지역이 있을지도 몰라."

앤이 빅터 무릎에 앉았다. "빅터, 두 사람은 그룹이야?"

"아무래도 그건 그룹의 일부일 뿐이지."

"그 말은, 우리가 부분적 그룹 섹스를 해 왔다는 거야?" 앤은 기겁하며 일어서 빅터의 머리를 헝클어뜨렸다. "끔직해."

빅터는 차분히 말을 이었다. "니컬러스는 정치적 야망이 그렇게 일찍 끝장나자 직업에는 좀 무관심해지고 막대한 상속 재산에 의지하게 된 거 같아."

"그래도 내 사상자 명단에는 못 들어. 여자 둘과 자다 들키는 게 아우슈비츠의 샤워실은 아니니까."

"기준이 높군."

"높기도 하고 안 그렇기도 해. 아프면 너무 작은 고통이란 없어. 하지만 그게 간직하는 것이라면 그 고통은 아주 작은 것이지. 어쨌든 니컬러스는 그다지 지독하게 고통받고 있지는 않아.

마약에 취한 여학생하고 왔는걸. 그 여자애는 차 뒤에서 시큰둥해 있더라고. 그런 여자애 하나만 더 있으면 참, 아니 셋은 어떻고."

"이름이 뭐야?"

"브리짓 뭐랬는데, 별로 영국 사람 이름 같지 않은 이름인데, 홉스코치 같은."

앤은 재빨리 다른 이야기로 넘어갔다. 빅터가 어느 위치에 브리짓이 '맞을지'에 대한 상념에 빠지지 않게 하겠다는 생각이었다. "오늘 가장 이상했던 건, 르 와일드 웨스트에 간 일이야."

"거긴 대체 왜 갔어?"

"내가 이해하기론, 패트릭이 가고 싶어 하기 때문에 갔어. 단 엘리너에게 우선권이 있었던 거지."

"아들이 재미있어 할 곳인가 조사하려고 갔을지 모른다는 생각은 안 들어?"

"발달이 정지된 다지 시티에서는 총을 빨리 뽑아야 하지." 앤이 상상의 총을 휙 뽑았다.

"그곳 분위기에 동화된 모양이군." 빅터가 슬쩍 한마디 했다.

"아들을 그곳에 데려가고 싶었다면 오늘 같이 갈 수 있었을 거야. 또 그곳이 '재미있는 곳'인지 아닌지 알고 싶었다면 패트릭이 말해 줄 수 있었을 테고."

빅터는 앤과 말씨름하고 싶지 않았다. 앤은 인간이 처하는 상황에 대해 흔히 확고한 의견을 가졌다. 빅터는 그 상황이 어떤 원칙의 예증이 되거나 일화를 제공해 주지 않는 것이라면 사실 아무래도 상관없었다. 그래서 이 무익한 영역은 기분이 내키는 대로 너그러움을 보이며 앤에게 양보하기로 했다. "오늘 저녁에 모일 사람들 중 우리가 헐뜯지 않은 사람은 이제 없네, 데이비드 말고는. 그런데 당신이 데이비드를 어떻게 생각하는지는 나도 다 아니까 뭐."

"데이비드 얘기하니까 생각났네. 오늘 『열두 명의 로마 황제』를 돌려주기 전에 한 편이라도 읽어야겠어."

"그럼 네로하고 칼리굴라 편을 읽어. 분명히 데이비드가 제일 좋아하는 사람들일 테니. 전자는 평범한 예술적 재능과 절대 권력이 결합했을 때 무슨 일이 일어나는지 보여 주고, 후자는 겁이 많던 사람이 기회를 잡으면 거의 필연적으로 겁을 주는 사람이 된다는 걸 보여 주지."

"근데 그게 훌륭한 교육의 비결 아니야? 사춘기를 지나며 겁을 먹는 위치에서 겁을 주는 위치로 승격되는 거잖아, 정신을 딴 데 돌리게 할 여자가 없이."

빅터는 영국 공립학교에 대해 앤이 가지고 있는 약간 짜증 나는 의견 표명 중 이번 것은 무시하기로 했다. 그리고 참을성을 가지고 말을 이었다. "칼리굴라의 흥미로운 점은 모범적인 황제가 되려고 했다는 거야. 그리고 제위에 오르고 처음 몇 달 동안은 그 관대함으로 칭송을 받았어. 하지만 자기가 겪은 걸 반복하고자 하는 강박 충동은 중력과도 같아서 그걸 깨려면 특별한 자질이 필요하지."

앤은 빅터가 그렇게 공공연히 심리학적인 일반화를 하는 것을 보니 재미있었다. 무덤에 들어간 지 충분히 오래된 사람들이 빅터에게는 흥미로운가 보다고 생각했다.

빅터는 계속 중얼거렸다. "난 네로가 싫어, 세네카를 자살하게 만들었기 때문에. 학생과 스승 간에 생길 수 있는 적개심은 나도 잘 알지만, 어떤 선을 넘지 않는 게 현명하지." 빅터는 낄낄 웃었다.

"네로도 자살하지 않았어? 아니면 영화 〈네로, 더 무비〉에서만 그런 건가?"

"자살에 관한 한, 네로는 다른 사람을 자살로 모는 것만큼 열의를 보이지 않았어. 오랫동안 빈둥거리며 앉아서 '농포투성이 악취 나는' 자기 몸 어디를 칼로 찌를까를 먼저 생각했어. '죽음이여, 위대한 예술가여!'라고 울부짖으면서."

"자기가 그 자리에 있었던 것처럼 말하네."

"소싯적에 읽은 책의 영향이 어떻다는 거 잘 알잖아."

"응, 〈말하는 노새 프랜시스〉*에 대한 내 느낌도 그런 걸 거

---

*   1950년대 미국 텔레비전의 코미디 프로그램.

야."

앤은 삐걱거리는 고리버들 의자에서 일어났다. "저녁 식사에 가기 전에 누가 '소싯적에' 읽었다는 책을 읽는 게 좋겠어." 그리고 빅터 옆으로 가서 다정히 말했다. "거기 가기 전에 한 문장만 써 줘. 해 줄 수 있지?"

빅터는 감언으로 설득되는 게 즐거웠다. 순종적인 어린아이처럼 앤을 올려다보고 얌전히 대답했다. "해 볼게."

앤은 어둑한 부엌을 통해 구부러져 올라가는 층계를 올랐다. 이른 아침 이후 처음으로 혼자 있게 된 차분한 즐거움을 느꼈다. 앤은 곧바로 목욕을 하고 싶었다. 빅터는 욕조에 들어가 커다란 발가락으로 수도꼭지를 조절하며 빈둥거리는 걸 좋아했다. 이 중요한 의식을 치르는 동안 김이 나는 뜨거운 물이 다 떨어지면 빅터가 얼마나 비이성적으로 낙심하는지 앤은 잘 알고 있었다. 그게 아니더라도 지금 목욕을 해야 그곳에 가기 전에 침대에 드러누워 두어 시간 책을 읽을 수 있으리라 생각했다.

침대 옆에 쌓아 둔 책들 위에 『베를린이여 안녕』*이 있었다. 소름 끼치는 로마 황제들 이야기를 읽으니 이 책을 다시 읽는 게 얼마나 더 재미있을까 생각했다. 전쟁 전의 베를린을 생각하다 아우슈비츠 샤워실에 대한 언급이 생각나자 앤은 자기가 익

★　영국 소설가 크리스토퍼 이셔우드의 소설.

살맞고자 하는 그 영국적 욕구를 따라가고 있는 건가 하는 의문이 들었다. 여름 내내 대화에 작은 영향을 주느라 도덕적 자원을 소진함으로써 더럽혀지고 지친 기분이 들었다. 구변 좋고 게으른 영국인의 생활 양식, 즉 반어법의 예방 효과에 대한 열망, '따분한 사람'이 되는 것을 몹시 두려워하는 마음, 이 운명을 끈질기게 간신히 피하는 방식의 지루함에 의해 자신이 알게 모르게 타락한 느낌이 들었다.

앤을 지치게 만드는 것은 무엇보다 그런 가치관에 대한 빅터의 상반된 태도였다. 앤은 빅터가 이중 스파이인지, 빛바랜 상류층의 본보기일 뿐인 멜로즈 부부 앞에서 자기가 그들의 무위도식하는 인생을 헌신적으로 흠모하는 사람인 체하는 진지한 작가인지 더 이상 알 수 없었다. 어쩌면 앤에게는 그들 세계의 주변부에 편입되는 뇌물을 받아먹지 않은 체하는 삼중 스파이인지도 모를 일이었다.

앤은 반항심에 『베를린이여 안녕』을 집어 들고 욕실로 갔다.

해는 높고 좁은 집 지붕 뒤로 일찍 넘어갔다. 플라타너스 아래 탁자의 빅터는 스웨터를 다시 입었다. 두툼한 스웨터를 입고 앤이 목욕물 받는 소리가 멀리 들려오자 안심이 되었다. 거미 다리 같은 필체로 한 문장을 쓰고는 또 한 문장을 썼다.

IO

데이비드가 집에서 가장 중요한 그림을 스스로에게 상으로 줬다면 엘리너는 적어도 가장 큰 침실을 확보했다. 복도 먼 쪽 끝에는 하루 종일 커튼이 쳐져 있었다. 이탈리아 화가들의 많은 드로잉화들이 약하기 때문에 햇빛에 닿아 변색되지 않게 보호하려는 것이었다.

패트릭은 어머니의 침실 문 앞에서 주목을 끌기를 기다리며 머뭇거렸다. 방이 어둑해서 더 크게 느껴졌다. 산들바람이 커튼을 불어 날리고, 가만있지 못하는 빛이 늘어나는 듯한 벽에 그림자를 펼칠 때면 특히 더 그랬다. 엘리너는 패트릭에게 등을 돌리고 책상에 앉아 자기가 가장 좋아하는 자선단체인 아동구호기금에 보낼 수표를 쓰고 있었다. 패트릭이 의자 옆에 와 설

때까지 방에 들어온 것도 모르고 있었다.

"어머, 패트릭." 장거리 전화처럼 들리는, 극단적 애정을 표하는 목소리였다. "오늘 뭐 하고 놀았어?"

"아무것도." 패트릭은 바닥을 내려다보고 있었다.

"아버지랑 산책 갔었어?" 엘리너가 용감하게 물었다. 미흡한 물음이란 걸 느꼈지만, 옹색한 대답이 돌아올 두려움을 극복하지 못했다.

패트릭은 고개를 저었다. 창밖의 나뭇가지가 흔들거렸다. 패트릭은 커튼 봉 위에 나뭇잎들의 그림자가 나풀거리는 걸 물끄러미 쳐다보았다. 패배한 허파처럼 커튼이 무기력하게 부풀었다 가라앉았다. 복도 밖 어느 방의 문이 쾅 닫혔다. 패트릭은 어수선한 책상을 바라보았다. 편지, 봉투, 종이 집게, 고무줄, 연필, 색이 다 다른 많은 수표장. 수북한 재떨이 옆에는 빈 샴페인 잔이 있었다.

"빈 잔, 가져갈까요?"

"어유, 생각이 깊기도 해라, 우리 아들. 가져가서 이베트한테 줘. 정말 고마워."

패트릭은 묵직이 고개를 끄덕이고 잔을 집어 들었다. 엘리너는 아들이 훌륭히 자란 걸 보고 감탄했다. 어쩌면 사람은 타고난 게 다 정해져 있는 건지도 모른다. 중요한 건, 지나치게 간섭하지 않는 것이다.

"고마워, 패트릭." 목쉰 소리였다. 엘리너는 오른손으로 잔의 손잡이를 꼭 쥐고 나가는 아들을 지켜보며 자기에게서 기대되었던 게 무엇이었는지 생각했다.

패트릭은 계단을 내려가면서 아버지와 니컬러스가 복도 저쪽 끝에서 이야기하는 소리를 들었다. 갑자기 넘어질까 봐 겁이 나자, 더 어렸을 때 하던 대로 한 발을 먼저 디디고 그 발 옆에 다른 발을 내려 단단히 디디는 식으로 내려가기 시작했다. 아버지가 따라 내려올지 모르니 서둘러야 했지만, 그러면 넘어질지도 모른다. 아버지의 목소리가 들렸다. "이따 저녁 시간에 물어보자고. 분명 동의할 거야."

패트릭은 계단을 내려가다 말고 얼어붙었다. 자기 얘기를 하는 것 같았다. 그들이 자기더러 동의하게 할 거라고 했다. 패트릭은 잔을 쥔 손을 격렬히 오므렸다. 수치심과 두려움이 몰려왔다. 계단 벽에 걸린 그림을 올려다보고, 그림틀이 공중으로 날아가 모서리로 아버지의 가슴을 찍고 다른 그림이 복도를 따라 휙 날아가 니컬러스의 머리를 절단하는 광경을 상상했다.

"그럼 한두 시간 뒤에 내려가겠습니다." 니컬러스가 말했다.

"알았네."

니컬러스 방문이 닫히는 소리가 났다. 패트릭은 복도를 따라 다가오는 아버지의 발소리에 잔뜩 귀를 기울였다. 자기 침실로 가는 걸까? 계단으로 내려오는 길일까? 패트릭은 다시 움직일

힘을 잃고, 발자국 소리가 멈추자 숨을 죽였다.

데이비드는 복도에 서서 엘리너에게 가 볼까 목욕을 할까 망설였다. 엘리너에게는 원칙적으로 늘 화를 냈지만, 끊임없는 통증을 완화시켜 준 아편이 아내를 모욕하고픈 욕구도 약화시켰다. 데이비드는 선택을 놓고 잠시 저울질하다 자기 침실로 들어갔다.

패트릭은 계단 꼭대기에서는 자기가 보이지 않는다는 것을 알고 있었지만, 발자국 소리가 멈추자 화염방사기처럼 집중해서 아버지 생각을 밀어내려고 애썼다. 데이비드가 방에 들어간 뒤에도 패트릭은 한참 동안 위험이 지나갔다는 것을 받아들이지 않았다. 잔을 쥔 손을 느슨하게 하자 받침대와 손잡이 절반이 빠져나가 한 계단 아래서 깨졌다. 패트릭은 잔이 어째서 부러졌는지 알 수 없었다. 나머지 잔을 다른 손에 옮기고 보니 손바닥 가운데에 작게 베인 상처가 보였다. 피가 나는 것을 보고서야 패트릭은 어찌 된 일인지 깨달았다. 자기가 아파야 한다는 걸 알고서야 비로소 상처의 강렬한 통증을 느꼈다.

패트릭은 잔을 떨어뜨렸다고 벌받을 일이 겁났다. 손에 쥐고 있을 때 손잡이가 부러졌지만 그들은 절대로 그걸 믿지 않을 것이다. 잔을 떨어뜨리고 그런다고 할 것이다. 패트릭은 흩어진 유리 조각들을 피해 조심조심 계단을 내려갔다. 그런데 나머지 절반을 어떻게 할지 몰라 도로 세 계단 올라가 뛰어내리기로 하고, 힘껏 뛰었지만 착지하다 넘어지면서 나머지 잔이 날아가 벽에 부딪쳐 산산조각이 났다. 패트릭은 팔다리를 펼치고 쓰러져 얼떨떨하게 누워 있었다.

패트릭의 비명을 듣고 이베트가 수프 국자를 내려놓고 앞치마에 후다닥 손을 닦으면서 현관으로 뛰쳐나왔다.

"Ooh-la-la, tu vas te casser la figure un de ces jours저런, 저런, 그러다가 언젠간 얼굴 다치겠어." 이베트가 꾸중하듯 말했다. 그러나 패트릭이 꼼짝 못 하는 것을 보고 깜짝 놀랐지만, 가까이 다가가면서 좀 더 다정하게 물었다. "Où est-ce que ça te fait mal, pauvre petit가엾어라, 어디 다쳤어?"

패트릭은 숨이 막힌 충격이 가시지 않아서, 가장 세게 부딪힌 가슴을 가리켰다. 이베트가 "Allez, c'est pas grave자, 자, 심하지 않아."라고 속삭이듯 말하며 패트릭을 일으켜 세우고 볼에 키스를 했다. 심한 울음소리는 한풀 꺾였다. 땀과 금니와 마늘에서 느껴지는 엉킨 감각이 품에 안긴 즐거움과 뒤섞였지만, 이베트가 등을 쓰다듬기 시작하자 패트릭은 꿈틀거리다 품에서 빠져나갔다.

책상에 앉은 엘리너는 생각했다. '아, 큰일났네, 패트릭이 내려다가 넘어져서 내가 준 잔에 베었나 봐. 또 내 잘못이야.' 그리고 창 같은 패트릭의 비명에 꿰찔려 의자에 붙박인 채 자기가 처한 위치의 참담함을 생각했다.

엘리너는 죄책감과 데이비드의 보복에 대한 두려움에 여전히 압도되었지만 용기를 내 층계참으로 갔다. 계단 아래서 패트릭 옆에 앉아 있는 이베트를 발견했다.

"Rien de cassé, Madame. Il a eu peur en tombant, c'est tout
부러진 데는 없어요, 주인마님. 넘어졌을 때 놀랐을 뿐이에요."

"Merci, Yvette고마워, 이베트."

'저렇게 술을 많이 마시니 뭘 어떻게 해야 할지 모르지.' 이베트는 빗자루와 쓰레받기를 가지러 가며 생각했다.

엘리너는 패트릭 옆에 앉았지만 유리 조각에 엉덩이를 찔렸다. "아야!" 소리를 지르고 도로 일어나 엉덩이를 털었다.

"엄마가 유리 조각에 앉았어." 엘리너가 말했다. 패트릭은 시무룩하게 어머니를 쳐다보았다. "뭐 그건 걱정하지 말고, 어떡하다 그렇게 심하게 넘어졌는지 말해 봐."

"높은 데서 뛰어내렸어요."

"잔을 들고? 얘야, 정말 위험할 뻔했구나."

"위험했어요!" 패트릭이 성을 냈다.

"어, 그럼, 그랬을 거야." 엘리너가 의식적으로 손을 내밀어 아들 이마를 덮은 연갈색 머리를 쓸어 넘겼다. "우리 이렇게 하자. 내일 놀이공원에 가자, 르 와일드 웨스트에. 어때? 오늘 앤 아줌마하고 거기 갔었어, 네가 좋아할지 보려고. 카우보이랑 인디언이랑 놀이기구가 많더구나. 내일 갈까?"

"난 멀리 가 버리고 싶어요." 패트릭이 대답했다.

수도사의 거처 같은 자기 방에 있던 데이비드는 급히 옆문으로 들어가 마음에 안 드는 아들 목소리가 들리지 않게 욕조 물을 가장 세게 틀었다. 조가비 모양의 자기 그릇에서 소금을 꺼내 욕조에 뿌리며, 아들을 돌볼 유모가 없어 저녁 시간을 조용히 보낼 수 없는 이번 여름은 정말 참기 힘들다고 생각했다. 엘리너는 아이를 어떻게 키워야 하는지 전혀 알지 못했다.

패트릭의 유모가 죽은 뒤, 둔한 외국 여자들의 행렬이 런던 집을 거쳐 갔다. 향수병에 걸린 기물 훼손자들. 그들은 영어를 배우러 왔지만 전혀 늘지 않은 채, 몇 달 되지도 않아서 떠났다. 어떤 경우엔 임신을 해서 떠났다. 결국 패트릭은 카르멘에게 맡겨진 때가 많았다. 카르멘은 스페인 여자로, 패트릭이 달라고 하는 건 아무것도 거절할 마음이 없었던 둔한 가정부였다. 카르멘은 지하실에서 기거했는데, 5층까지 올라가려면 정맥류성 정맥이 계단마다 항의를 해서 육아실까지 올라간 적이 거의 없었다. 그로 인해 이 침울한 시골뜨기가 패트릭에게 별 영향을 끼치지 못한 건 어떤 의미에선 고마워해야 할 일이었다. 그렇더라도 매일 밤 패트릭이 보호 문을 열고 육아실에서 탈출해 엘리너를 기다리며 계단에 나와 있는 건 정말 성가셨다.

그들은 애너벨스에서 늦게 집에 오는 일이 잦았다. 패트릭이 한번은 걱정스럽게 물었다. "애너벨이 누구예요?" 이 말에 방에 있던 사람들이 모두 웃었다. 데이비드는 그 천진한 서투름 때문에 거의 누구나 좋아하는 버니 워런*의 말이 생각났다. "네 부모가 대단히 좋아하는 아주 사랑스러운 여자애야." 그러자 니컬러스는 한마디 덧붙일 기회를 놓치지 않았다. "I sospect ze child is experienzing ze sibling rivalry이 아이가 동기간 경쟁 의식을 느끼나 봅니다."**

데이비드는 밤늦게 돌아와 계단에 앉아 있는 패트릭을 발견하면 육아실로 가라고 명령하곤 했다. 그러나 잠자리에 든 뒤 층계참 나무 바닥이 삐걱거리는 소리가 들려올 때가 있었다. 그러면 패트릭이 몰래 제 엄마 방에 갔다는 걸 알았다. 인사불성이 되어 몸을 웅크리고 침대 가장자리에 누운 엄마의 무감각한 등에서 위로를 얻으려 할 것이란 걸. 그리고 아침에 일어나 보면 그들은 대기실치곤 사치스러운 방의 피난민 같았다.

데이비드는 욕조의 물을 잠그자 패트릭의 비명이 멈춘 것을 알았다. 욕조에 물이 찰 동안에 그치는 비명이라면 심각한 것일 리 없었다. 데이비드는 물이 얼마나 뜨거운지 보려고 한쪽 발끝을 담갔다. 너무 뜨거웠지만 털 없는 정강이가 데도록 그 다리를 푹 담갔다. 몸 안의 모든 신경이 욕조에서 다리를 빼라고 재촉했지만 데이비드는 고통에 대한 자기의 지배력을 시험해 보

---

* 버니 워런은 1958년 동명 원작 소설을 극화한 1960년대 <신사 동맹The League of Gentlemen>의 등장인물을 가리키는 것으로 생각된다.
** 니컬러스는 영어에 프랑스어 말투를 섞어 말하고 있다.

기 위해 경멸의 깊은 자원을 끌어 올려 다리를 김이 나는 물속에 그대로 두었다.

데이비드는 다리를 벌리고 서 있었다. 한쪽은 타는 듯 뜨거웠고, 다른 한쪽은 찬 코르크 바닥을 딛고 있었다. 한 시간 전에 브리짓이 나무 아래서 무릎을 꿇은 것을 잠깐 보았을 때 느낀 분노가 저절로 되살아났다. 니컬러스가 무화과에 얽힌 이야기를 저 멍청한 년에게 말해 준 게 틀림없었다.

아, 행복한 날들이여, 데이비드는 한숨 쉬었다. 어디로 갔는가? 지금은 후줄근하지만 그때만 해도 풋풋하게 순종적이고 마음에 들려고 열심이었던 아내가 풀 뜯는 양처럼 평화로이 썩어 가는 무화과를 먹던 그날들.

데이비드는 추가된 고통의 자극을 통해 저녁때 니컬러스에게 복수할 좋은 방법이 떠오르기를 바라며 나머지 다리마저 물에 담갔다.

"도대체 왜 그래야만 했어? 데이비드가 분명히 봤을 거야." 데이비드 방문이 닫히는 소리가 나자마자 니컬러스가 브리짓에게 다짜고짜 쏘아붙였다.

"뭘 봤다는 거예요?"

"뭐긴, 너지, 네발로 기었잖아."

"그래야만 한 건 아니죠." 브리짓이 침대에서 졸린 듯 말했다. "자기가 나한테 그 얘기를 너무 하고 싶어 했기 때문에 그랬을 뿐이에요. 그러면 자기가 흥분할지도 모르니까. 처음엔 분명히 그랬으면서."

"말도 안 되는 소리." 니컬러스는 양손으로 허리를 짚고 서 있었다. 못마땅하다는 표시였다. "너의 그 넘치는 말들 '여기 생활은 정말 완벽하군요'라거나," 니컬러스는 억지웃음을 지었다. "'경치가 정말 좋아요' 그런 거. 그러니까 실제보다 더 천박하고 멍청해 보였다고."

브리짓은 여전히 니컬러스의 무례함을 심각하게 받아들이는 데 곤란을 겪었다.

"나한테 그렇게 못되게 굴면 배리와 도망치겠어요."

"그건 또 다른 문제지." 니컬러스가 숨을 헉 하고 쉬며 실크 재킷을 벗었다. 셔츠 겨드랑이에 둥그렇게 땀이 배었다. "무슨 생각으로—생각이란 걸 하겠냐만—그 버르장머리 없는 자식한테 여기 전화번호를 준 거야?"

"연락하고 지내자니까 내가 있을 곳 전화번호를 달라고 해서 준 거예요."

"거짓말할 수도 있었잖아." 니컬러스가 소리를 질렀다. "부정직이란 게 있지." 그리고 고개를 절레절레 흔들며 앞뒤로 왔다 갔다 했다. "깨진 약속이란 것도 있고."

브리짓은 몸을 굴려 침대에서 나와 방을 가로질러 갔다. "꺼져요!" 화장실 문을 쾅 닫고 안에서 잠갔다. 욕조 가장자리에 앉자 《태틀러》*와 그보다 더 아쉽게도 화장품을 방에 두고 온 게 생각났다.

"문 열어, 이 멍청한 년아." 니컬러스가 문고리를 잡아 돌렸다.

"꺼지라고!" 브리짓은 적어도 한참 동안 니컬러스가 화장실을 못 쓰게 할 수 있었다. 지루함을 달랠 거라곤 거품 목욕뿐이었지만.

★ 1901년에 창간된 영국 패션 잡지.

II

니컬러스는 화장실을 쓰지 못하는 동안 짐을 풀고 가장 편한 선반을 자기 셔츠로 채웠다. 장롱의 절반 이상은 양복이 차지했다. 이번 여름 대여섯 사람의 집에 가지고 갔던 F. E. 스미스 자서전을 다시 꺼내 침대 오른쪽 탁자에 놓았다. 마침내 화장실을 쓸 수 있게 되었을 때 세면 용구를 세면대 주위에 익숙한 방식으로 정돈했다. 한쪽에는 오소리털 브러시, 다른 한쪽에는 장밋빛 구강 청결제를 놓았다.

브리짓은 짐을 제대로 풀기를 거부했다. 정숙해 보이지 않는 짙은 빨간색 크러시트 벨벳 드레스를 꺼내 저녁때 입으려고 침대에 던져 놓고 여행 가방은 방 한복판에 방치했다. 니컬러스는 여행 가방을 발로 차 쓰러뜨리고 싶은 마음을 억제하지 못했다.

그러나 입은 다물었다. 금방 또 무례하게 굴면 저녁 식사 시간에 자기가 힘들어질 수 있다는 걸 알았던 것이다.

니컬러스는 말없이 짙은 청색 실크 양복에 미스터 피시 양복점에서 찾은 가장 전통적인 오래된 연노란색 셔츠를 받쳐 입고 내려갈 준비를 했다. 머리는 트럼퍼스 상점에서 개인적으로 주문해 만든 향수의 향기가 어렴풋했고, 뺨에서는 깔끔하고 남성답다고 생각해서 산 단순한 라임 농축액 향기가 났다.

브리짓은 화장대 앞에 앉아 검은 아이라이너를 천천히 너무 많이 바르고 있었다.

"이제 내려가지 않으면 늦을 거야." 니컬러스가 말했다.

"항상 그러는데 막상 가 보면 아무도 없잖아요."

"데이비드는 나보다 시간을 더 잘 지켜."

"그럼 혼자 먼저 내려가요."

"난 같이 내려가면 좋겠는데." 넌더리를 내는 말투가 위협적이었다.

브리짓은 충분히 밝지 않은 거울 속에 비친 자기 모습을 계속 감탄스레 바라보았다. 니컬러스는 침대 가장자리에 앉아 국왕에게 하사받은 커프스단추가 더 드러나도록 소매를 약간 더 잡아당겨 내렸다. 두꺼운 금으로 만들어지고 머리글자 E. R.이 새겨진 것인데 최신 제품으로 통할 수 있었을 테지만, 실은 에드워드 7세의 충성스러운 조신이었던 방탕한 할아버지 니컬러스

프랫 경이 받은 선물이었다. 어떻게 하면 외관을 더 꾸밀 수 있을지 생각이 나지 않자 니컬러스는 그냥 일어나 이리저리 서성거렸다. 그러다 어슬렁어슬렁 화장실로 들어가더니 다시 한번 거울을 쓱 보았다. 군살이 붙기 시작해 턱의 윤곽이 점점 더 두리뭉실해지고 있었다. 선탠을 하면 분명 도움이 될 것 같았다. 니컬러스는 라임 농축액을 귀 뒤에 조금 더 두드려 발랐다.

"준비 다 됐어요." 브리짓이 말했다.

니컬러스가 화장대로 오더니 얼른 브리짓의 분첩을 집어 광대뼈를 톡톡 두드리고 콧날을 따라 살짝 문질렀다. 니컬러스는 방을 나서며 비평안으로 브리짓을 흘긋 보았다. 언젠가 칭찬했던 빨간색 벨벳 드레스를 전적으로 승인할 수 없었다. 켄싱턴 마켓의 골동품 좌판 분위기가 났다. 그 싼 티는 다른 골동품들 앞에서 눈에 띄게 두드러졌다. 빨간색은 금발을 돋보이게 했고, 벨벳 천은 흐리멍덩한 파란 눈을 눈에 띄게 만들었다. 하지만 중세 마녀들 것 같은 드레스 디자인과 어설프게 수선한 헤진 자국은 그 옷을 입은 브리짓을 처음 봤을 때만큼 유쾌하게 여겨지지 않았다. 어느 야심적인 페루 사람이 첼시에서 연 얼치기 보헤미안 파티였다. 파티의 주인이 오르려고 애쓰는 계급의 니컬러스를 비롯한 사교계의 정상들은 파티장 한쪽 끝에 모여 서서 그 사람을 모욕하고 있었다. 한편 사교계의 산을 타려는 그 등반가는 세심하게 그들 사이를 기듯 움직이고 있었다. 특별히 할

게 없으면 그들은 그 사람이 환대로 자기들을 매수하는 걸 허용했다. 단 거기에는 만일 정말 중요한 사람들이 여는 파티에서 자기들과 친한 체하기만 하면 독설의 눈사태에 실종되리라는 암묵적 합의가 전제되었다.

정상에 있다는 느낌을 확인시켜 주는 것은 특권을 누리는 굉장한 향연일 때가 있고, 사람들의 아첨과 시샘일 때가 있었다. 또 어떤 때는 젊고 예쁜 여자의 유혹이, 또는 사치스러운 커프스단추가 그 중요한 일을 성취시켜 주기도 했다.

"모든 길은 로마로 통하지." 니컬러스가 흐뭇해서 중얼거렸다. 그러나 브리짓은 그 까닭이 궁금하지 않았다.

브리짓의 예상대로 거실에서 그들을 기다리는 사람은 아무도 없었다. 커튼이 드리워져 있고, 누런 갓을 씌운 전등들의 오줌 빛 웅덩이들로만 조명된 방은 어스레하면서 호화스러워 보였다. 다른 친구들 집과 비슷해, 니컬러스는 생각했다.

"아, **엑스트레 드 플랑트 마린**이네." 니컬러스는 에센스 향 냄새를 킁킁 소리 내 맡았다. "요즘엔 정말 구하기 어려운 향이거든." 브리짓은 대꾸하지 않았다.

니컬러스는 검은색 장 위에 놓인 은제 얼음 통에서 러시아 보드카를 꺼내어 운두가 얕고 작은 술잔에다 차갑고 끈적이는 액체를 따랐다. "예전에 저 향을 구리 고리하고 같이 팔았었는데, 간혹 고리가 과열되면 타는 향이 전구에 튀었던 거야. 프랑스의 아무개 부부가 어느 날 저녁 식사를 위해 옷을 갈아입고 있는데 식당 전구가 터지는 바람에 갓에 불이 붙고 커튼이 불에 타 버렸어. 그 후로는 저 향이 시장에서 회수되었지."

브리짓은 놀라지도 흥미로워하지도 않았다. 멀리서 어렴풋이 전화벨이 울렸다. 엘리너가 전화벨 소리를 너무 싫어해서 전화기라곤 집 뒤쪽 계단 아래 작은 책상에 있는 것 단 한 대뿐이었다.

"한잔할래?" 니컬러스가 자기 생각에 올바른 러시아식으로 보드카를 한입에 털어 넣었다.

"콜라나 줘요." 브리짓은 정말 술을 좋아하지 않았다. 술이 주는 황홀경이란 지독히 거친 것이었다. 적어도 배리의 말에 따르면 그랬다. 니컬러스는 콜라 병을 따고, 이번에는 얼음을 가득 넣은 운두 높은 잔에 보드카를 따랐다.

타일 바닥을 밟는 하이힐 소리가 나더니 긴 자주색 드레스 차림의 엘리너가 쑥스러워하는 모양으로 들어왔다.

"전화 왔어요." 엘리너가 브리짓을 보고 빙긋 웃으며 말했다. 전화를 받고 거실로 오는 사이 어째서인지 브리짓 이름을 잊었다.

"우아! 나한테요?" 브리짓은 일부러 니컬러스를 보지 않고 일어났다. 전화기가 어디에 있는지 엘리너의 설명을 듣고 마침내 집 뒤쪽 계단 아래 책상 있는 데를 찾았다. "여보세요? **여보세**

요?" 아무런 응답이 없었다.

브리짓은 거실로 돌아왔다. 니컬러스가 한창 말하는 중이었다. "글쎄 아무개 후작과 후작 부인이 어느 날 저녁 그들이 여는 성대한 파티를 위해 옷을 갈아입으러 위층에 올라간 사이, 등불 갓에 불이 붙어 거실이 완전히 타 버렸답니다."

"정말 놀라운 일이군요." 엘리너는 니컬러스가 무슨 말을 하는지 전혀 알지 못했다. 주위에서 무슨 일이 일어나는지 설명할 수 없었던 그런 흔한 백지 상태에서 제정신으로 돌아오는 중이라 마지막으로 의식이 온전했었던 때와 지금 사이에 간격이 있다는 것만 알 뿐이었다. "전화 잘 받았어요?" 엘리너가 브리짓에게 물었다.

"아뇨. 정말 이상해요, 아무런 응답이 없었어요. 동전이 더 없나 봐요."

전화벨이 다시 울렸다. 이번엔 브리짓이 지나오면서 문들을 전부 열어 놔서 더 크게 들렸다. 브리짓이 부리나케 되돌아갔다.

"전화로 누군가와 얘기하고 싶어 한다는 건 정말, 난 생각만 해도 두려워요."

"젊으니까요." 니컬러스는 관대함을 보였다.

"난 젊었을 땐 더 두려웠어요, 그런 게 가능한지 모르지만."

엘리너는 위스키를 따랐다. 탈진한 기분에다 마음마저 불안했다. 다른 어떤 상태보다 더 잘 아는 느낌이었다. 엘리너는 평소에 앉는 자리로 돌아갔다. 원래 발을 올려놓는 그 낮은 의자는 등불이 없는 병풍 옆 구석에 틀어박혀 있었다. 병풍이 어머니 것이었던 어린 시절, 원숭이로 붐비는 나뭇가지가 그려진 부분 아래 웅크리고 앉아 사람들에게 안 보이는 체한 적이 많았다.

니컬러스는 총독 의자 가장자리에 임시로 걸터앉았다가 안절부절못하며 도로 일어섰다. "이거 데이비드 전용 의자죠?"

"니컬러스가 앉아 있으면 아마 거기 안 앉을 거예요." 엘리너가 말했다.

"그건 잘 모르겠는걸요. 데이비드는 자기 방식을 벗어나지 않잖아요."

"잘 알죠." 엘리너는 심드렁했다.

니컬러스는 가까운 소파에 앉아 보드카를 한 모금 입 안에 머금었다. 얼음이 녹아 섞인 맛이 싫었지만 엘리너와 별로 할 말이 없어 그것을 입 안에서 슬슬 굴렸다. 브리짓이 그렇게 자리를 비워 약이 오르고, 데이비드가 왜 안 오는지 불안한 가운데, 누가 먼저 문을 열고 들어올지 기다렸다. 그러나 앤과 빅터가 먼저 도착하자 실망감을 느꼈다.

앤은 단순한 흰 드레스가 아닌 단순한 검정 드레스를 입었고, 담배를 피워 들고 있었다. 빅터는 무엇을 입을지에 대한 걱정을 극복하고 얼룩덜룩하고 두툼한 스웨터를 그대로 입고 있었다.

"나 왔어." 앤이 엘리너에게 진정한 애정을 담아 키스를 했다.

모두 서로 인사를 다 했을 때 니컬러스는 빅터의 외관에 대해 한마디 하지 않을 수 없었다. "이봐요, 헤브리디스 제도에 고등어 낚시라도 가시는 길인 것 같네요."

"하기는 내가 이 스웨터를 마지막으로 입었던 게 철학 박사 논문을 가지고 허우적거리는* 학생의 면담을 받아 줘야 했을 때였죠. '아벨라르, 니체, 사드, 베케트'라는 거였는데, 제목만 봐도 그 학생이 얼마나 힘든 일에 직면했는지 알 수 있었죠."

"정말 요즘엔 사람들이 박사 학위를 얻으려고 어떤 일도 서슴지 않아요." 빅터는 저녁 식사 때 사람들이 자기에게 기대하는 역할을 수행할 준비 운동을 슬슬 했다.

"그런데 오늘 **교수님의** 글은 얼마나 진전되었나요?" 엘리너가 물었다. "나는 오늘 하루 종일 교수님이 독자성에 대한 비심리적 접근을 취하는 걸 생각했어요." 거짓말이었다. "맞아요?"

"맞고말고요. 실은, 생각이 그 사람을 규정한다는 엘리너의 말이 뇌리를 떠나지 않아서 다른 건 생각할 수도 없었답니다."

엘리너는 얼굴을 붉혔다. 자기가 조롱당하고 있다고 느꼈다. "엘리너 말이 백번 옳은 듯합니다." 니컬러스가 의협심을 발휘했다. "우리의 본질과 우리가 생각하는 걸 어떻게 분리할 수 있겠어요?"

---

* '허우적거리다'를 뜻하는 flounder는 '가자밋과의 물고기'를 뜻하는 단어와 철자가 같다.

"네, 아마 분리하지 못하겠죠, 일단 그런 식으로 생각하기로 결정하면 말이죠. 그렇다고 내가 정신 분석을 시도하는 건 아닙니다. 말이 난 김에, 뇌가 어떻게 작용하는지 정확히 이해하면, 정신 분석은 중세의 지도 제작처럼 예스러워 보일 거예요."

"다른 사람의 학문 분야를 공격하는 것만큼 교수가 좋아하는 것도 없죠." 니컬러스는 빅터가 저녁 식사를 하는 동안 지독히 지루하게 굴까 봐 걱정되었다.

"그걸 학문이라고 할 수만 있다면." 빅터가 낄낄 웃었다. "무의식은 우리가 무의식을 **단절**해야 비로소 논의할 수 있는데요, 그것은 분석가로 하여금 어떤 존재에 대한 부인을 그것에 반대되는 존재에 대한 증거로 취급할 수 있게 해 주는 또 다른 중세의 탐색 도구죠. 이러한 법칙에 따라 우리는 자기가 살인자임을 부인하는 사람은 목매달고, 자기가 살인자라는 사람은 축하해 주는 겁니다."

"자기는 무의식의 존재를 인정하지 않는다는 거야?" 앤이 말했다.

'무의식의 존재를 인정하지 않는다는 거야?' 니컬러스는 선웃음을 치며 혼자 마음속으로 자기가 생각하기에 병적으로 흥분한 미국 여자의 목소리로 그 말을 되풀이했다.

"내 말은, 인생이 우리가 이해할 수 없는 힘의 통제를 받는다면, 그런 상황에 대한 용어는 무지라는 거야. 내가 싫어하는 건,

무지를 정신적인 풍경으로 돌리고, 그렇게 비싸고 영향력이 없다면 무해하거나 매력적이기까지 할 이 우화적 진취성을 과학이라도 되는 양 꾸미는 것이지.”

“하지만 사람들에게 도움을 주잖아.” 앤이 말했다.

“아, 그 치유의 약속.” 빅터가 현명하게 그 말을 받아넘겼다.

데이비드는 얼마 동안 문턱에 서서 그들을 관찰하고 있었다. 엘리너 외에는 아무도 알아차리지 못했다.

“어, 잘 있었나, 데이비드?” 빅터가 말했다.

“안녕하세요?” 앤이 말했다.

“오, 앤, 언제 봐도 반갑군요.” 데이비드는 앤에게 인사하자마자 바로 빅터에게 돌아섰다. “그 치유의 약속 얘기 좀 더 해 보게.”

“그 얘기는 **자네**가 좀 하지? 의사는 자네잖아.” 빅터가 말했다.

“좀 짧은 의사 생활이긴 했지만,” 데이비드는 겸손하게 말했다. “사람들은 자기들이 곧 죽을 거라는 생각 속에 평생을 보낸다는 걸 알았어. 그들에게 유일하게 위안이 되는 건 언젠간 자기들 생각이 맞을 거란 거지. 그들과 이 정신적 고문 사이에 있는 건 의사의 권위뿐이지. 그게 유일하게 작용하는 치유의 약속이야.”

니컬러스는 데이비드에게 무시되자 마음이 놓였다. 앤은 데이비드가 방 안의 모든 사람들 위에 군림하는 과장된 방식을 초연하게 관찰했다. 블러드하운드를 풀어 놓은 습지에 숨은 노예처럼 엘리너는 사라지고만 싶은 나머지 병풍에 더 가까이 붙어 웅크렸다.

데이비드는 당당한 걸음으로 성큼성큼 총독 의자에 가서 앉았다. 그리고 앤을 향해 몸을 기울이더니 빳빳하고 검붉은 실크 바지의 가랑이를 약간 잡아당겨 다리를 꼬았다. "앤, 오늘 엘리너하고 공항에 다녀오는 불필요한 희생을 치렀는데, 집에서 좀 쉬었어요?"

"희생이라뇨 무슨. 즐거웠어요." 앤은 천진난만하게 말했다. "아, 기뻤다고 하니까 생각난 김에 『열두 명의 로마 황제』를 이렇게 돌려 드리게 되어 기뻐요. 내 말은, 이 책을 기꺼이 읽었으니 이제 기꺼이 돌려 드린다는 거예요."

"하루에 기쁨이 넘치는군요." 데이비드의 노란 슬리퍼가 발에서 대롱거렸다.

"네. 우리 잔이 넘치옵니다,* 라고 할 수 있죠." 앤이 말했다.

"나의 하루도 기쁨을 주는 날이었는데, 오늘 무슨 마법의 기운이 감도는가 보군."

니컬러스는 데이비드를 자극하지 않고 대화에 낄 기회를 보

★   구약성서 시편 23장 5절을 인용하고 있다.

고 앤에게 물었다. "『열두 명의 로마 황제』는 어땠어요?"

"그 열두 명으로 배심원단을 꾸리면 아주 능률적일 거예요, 재판을 신속히 끝낼 수 있을 테니까." 앤은 엄지손가락을 펴서 바닥 쪽으로 꺾었다.

데이비드가 돌연 소리를 냈다. "아하!" 재미있어 한다는 표시였다. 그리고 "아마 교대로 그랬겠지"라고 하고는 양손의 엄지손가락을 세워 밑으로 꺾었다.

"그렇고말고요. 그러니 그들이 배심원 대표를 선출하려 한다면 어떻겠어요."

"황제의 엄지손가락 통증은 또 어떻겠어." 데이비드는 어린 아이같이 즐거워하며 자기의 아픈 엄지손가락을 아래위로 꺾어 내렸다 올렸다 했다.

이 유쾌한 공상의 분위기는 브리짓이 돌아옴으로써 중단되었다. 브리짓은 배리와 통화한 뒤 마리화나를 조금 피워서 주위의 색들이 아주 선명해 보였다. "그 야릇한 노란색 슬리퍼, **아주 마음에 들어요.**" 브리짓이 데이비드에게 명랑하게 말했다.

니컬러스는 움찔 놀랐다.

"정말 마음에 들어요?" 데이비드가 브리짓을 찬찬히 보며 상냥한 목소리로 물었다. "그렇다니 매우 기쁘군."

데이비드는 전화 이야기를 꺼내면 브리짓이 당혹스러워하리란 걸 직관적으로 알았지만, 이베트가 저녁 식사가 준비되었다고 알리는 바람에 심문할 시간이 없었다. 괜찮아, 데이비드는 생각했다. 나중에 하면 되니까. 지식을 추구한다면 토끼를 죽이고 보는 건 의미가 없다. 토끼 눈이 샴푸에 알레르기 반응을 보이는지, 피부는 마스카라에 염증을 일으키는지 알아본 다음에 죽여도 늦지 않다. '나비를 수레바퀴에 묶어 쳐 죽이는 건'* 어리석은 짓이다.

식당의 촛불들이 열린 문에서 들어오는 외풍에 흔들리며 벽을 두른 패널화에 생기를 불어넣었다. 데이비드가 즐겨 감상하는 기분 좋은 농부들의 행렬이 성문에 이르는 구불구불한 길을 따라 조금씩 이동하다가 촛불이 반대 방향으로 흔들리면 원래 위치로 도로 미끄러졌다. 길가의 도랑에 처박힌 수레바퀴가 삐걱거리며 앞으로 나아가는 듯했고, 그것을 끄는 당나귀의 거무스름한 새 근육이 잠시 팽창하는 듯했다.

이베트가 생선 수프용 루유 소스 두 그릇을 가져다 놓았다. 식탁 양쪽 끝에는 물기 서린 초록색 블랑드블랑 샴페인을 한 병씩 놓았다.

니컬러스는 자기가 말하던 일화가 궁지에 몰리자 거실에서 식당으로 가는 중에 사람들의 열의를 쥐어짜려는 마지막 시도를 했다. 이번에는 아무개 왕세자와 왕세자비의 거주지에서 일

---

* 알렉산더 포프의 풍자시에 나오는 말로 'Who breaks a butterfly upon a wheel?'이라고 하여, 작은 것을 성취하기 위해 과다한 노력을 기울이는 사람을 가리킨다.

어난 일이었다. "휴우!" 니컬러스는 격한 몸짓으로 앤을 보고 소리쳤다. "15세기 태피스트리에 불이 붙었고, 그들의 **대저택은 잿더미가 되었어요.** 연회는 취소되어야 했죠. 온 나라를 떠들썩하게 한 사건이었는데, 결국 플랑트 마린은 **전 세계적으로** 금지되었습니다."

"아무개라고 일컬어진 것도 모자랐나 보군요." 앤이 말했다.

"이제는 어디에서도 그걸 구할 수 없어요." 니컬러스는 애쓰다 진이 빠진 소리로 외쳤다.

"올바른 결정이었던 거 같군요. 누가 자기의 대저택이 잿더미가 되는 걸 보고 싶겠어요? 난 아닙니다."

모두 자리 배정을 기다리며 묻듯이 엘리너를 쳐다보았다. 데이비드 좌우에 여자들이 앉고 엘리너 좌우에는 남자들이 앉고, 부부가 나란히 앉는 식으로 앉으면 되니까 불확실할 게 전혀 없을 듯했지만, 자칫 실수해서 데이비드의 분노를 불러일으키리라는 두려운 확신 때문에 엘리너는 안절부절못했다. "앤…… 자기는…… 아니, 자기는 거기 앉고…… 아니, 미안……"

"모두 여섯 명뿐인 게 다행이야." 데이비드가 다 들릴 소리로 니컬러스에게 속삭였다.

"수프가 식기 전에 문제가 해결될 가망이 있습니다." 니컬러스가 부자연스럽게 굴종적인 웃음을 지었다.

에이 씨, 어른들 저녁 파티는 질색이야, 브리짓은 생각했다.

그때 이베트가 김이 모락모락 나는 수프를 내왔다.

"그런데, 앤, 갈바 황제 편은 어떻게 생각해요?" 데이비드가 브리짓에 대한 무관심을 강조하려고 정중하게 앤 쪽으로 몸을 기울이고 말했다.

앤이 바라지 않았던 대화의 방향이었다. 앤은 속으로 '누구?' 했지만 말은 달랐다. "아, 정말 괴짜예요! 하지만 **정말** 흥미로운 인물은 칼리굴라였어요. 칼리굴라는 왜 자기 여자 형제들한테 그렇게 집착했을까요?"

"그런 말이 있죠. 악습은 즐겁지만 근친상간은 최고다, 라는." 데이비드가 씩 웃었다.

"하지만 무슨…… 그런 상황의 심리 작용은 뭐죠? 나르시시즘의 일종일까요? 스스로를 유혹하는 것에 가장 근접한 거라서요?"

"그보다는, 내가 생각하기에, 그건 자기 가족만이 자기가 겪은 고통을 겪었으리라는 확신이에요. 물론 알겠지만, 티베리우스가 그들의 친족을 거의 모두 죽였잖아요. 그런데 칼리굴라하고 드루실라는 바로 그 동일한 공포의 생존자들이고. 그러니까 드루실라만이 진정으로 칼리굴라를 이해할 수 있었던 거죠."

데이비드가 와인을 마시려고 말을 멈췄을 때, 앤은 다시 배움에 불타는 학생 연기를 했다. "알고 싶은 게 또 있는데요, 칼리굴라는 왜 아내를 고문하면 자기가 아내에게 그렇게 헌신적인 이유를 알 수 있을 거라고 생각했을까요?"

"주술 부리는 걸 발견한다는 게 공식 해명이었지만, 아마 죽음의 위협에서 단절된 애정을 못 미더워했기 때문일 테죠."

"더 나아가 로마의 백성들에 대해서도 똑같은 의심을 가졌죠?"

"어느 정도는요, 코퍼 경."* 데이비드는 아는 게 있지만 절대로 알려 주지 않을 것처럼 보였다. 고전 문학 교육의 혜택이란 이런 것이구나, 앤은 생각했다. 그것에 대해 논하는 데이비드와 빅터의 이야기를 가끔 들은 바가 있기도 했다.

빅터는 말없이 아주 빨리 수프를 먹었고, 니컬러스는 빅터에게 조녀선 크로이든 추도식 이야기를 해 주었다. 엘리너는 수프를 먹지 않고 담배를 피웠다. 추가로 복용한 덱세드린 때문에 식욕을 잃었다. 브리짓은 한눈팔지 않고 공상에 잠겼다.

"나는 추도식은 찬성하지 않아요." 빅터는 입을 오므리고 자기가 할 말의 위선을 잠시 음미했다. "파티를 할 핑곗거리일 뿐이죠."

"핑곗거리가 뭐가 어떻다고 그래?" 데이비드가 빅터의 말을 바로잡았다. "문제는 파티가 아주 형편없다는 것이지. 크로이든 얘기를 하고들 있나 보군."

---

* 에벌린 워의 소설 『특종Scoop』(1938)에서 아랫사람 솔터가 신문 왕 코퍼 경과 의견이 다를 때 명백한 'No'라는 말 대신 사용한 표현.

"응. 크로이든은 글보다 말이 낫다고 하지. 확실히 개선의 여지가 있었어." 빅터가 말했다.

데이비드는 이를 씩 드러내 웃고 그 작은 악의적 발언을 인정했다. "자네 친구 비제이가 거기 참석했더란 얘기, 니컬러스한테 들었나?"

"아니."

"그렇군" 하고 데이비드는 자연스럽게 앤 쪽으로 머리를 돌렸다. "그런데, 앤, 비제이가 왜 그렇게 갑작스럽게 떠났는지 우리한테 아직 말해 주지 않았잖아요." 앤은 전에도 여러 번 이 질문에 대답하기를 거부했다. 데이비드는 만날 때마다 그 이야기를 꺼내 앤을 놀리기 좋아했다.

"얘기 안 했던가요?" 앤이 장단을 맞췄다.

"오줌 싼 건 아니죠?" 데이비드가 물었다.

"그런 거 아니에요."

"그자의 경우, 더 심각한 짓인 추파를 던졌어요?"

"절대 아니에요."

"아무렇게나 행동했나 보죠." 니컬러스가 암시적 말을 했다.

"그랬어도 결과는 같았을지 몰라요. 하지만 그 이상이었어요."

"정보를 전하고자 하는 욕구는 배고픔 같아요. 어떤 때는 다른 사람에 대한 호기심, 어떤 때는 무관심이 그 욕구를 자극하죠." 빅터가 젠체했다.

"알았어요, 알았어요." 앤은 빅터가 그 말에 따를지 모를 침묵을 면하도록 입을 열었다. "여러분처럼 세련된 타입의 사람들에게는 별일 아닌 것으로 보일지도 몰라요. 내가 세탁한 셔츠를 비제이 방에 가져갔는데, 끔찍한 잡지들이 있었어요. 그냥 포르노물뿐만 아니라 훨씬 더 끔찍한 것들도 있더군요. 물론 그런 걸로 쫓아낼 생각은 없었어요. 누가 뭘 보든 나와는 상관없는 문제지만, 비제이는 나중에 와서 내가 자기 방에 들어왔었다는 걸 가지고 아주 무례하게 굴더라고요. 나는 그냥 그 구질구질한 셔츠를 가져다주려고 그랬던 것뿐인데 말이에요. 그래서 그때 내가 좀 흥분했어요."

"잘했어." 엘리너가 쭈뼛쭈뼛 말했다.

"정확히 무슨 종류의 잡지였어요?" 니컬러스가 뒤로 기대며 다리를 꼬았다.

"그걸 압수하셨더라면 좋았을걸." 브리짓이 킥킥 웃었다.

"아, 완전히 끔찍한 거였어요. 십자가 책형. 온갖 동물들이 있는 것들."

"저런, 정말 재미있겠군요. 비제이를 좀 더 높이 평가해야겠어요." 니컬러스가 말했다.

"어머, 그래요? 그 가엾은 돼지의 표정을 보셨어야 하는데."

빅터는 마음이 약간 불안해져 "우리 사람과 동물계가 가진 관계의 모호한 윤리로군"하고 낄낄 웃었다.

"우리는 마음 내킬 때 동물을 죽이지. 별로 모호할 게 없어." 데이비드의 말투가 딱딱했다.

"윤리는 우리가 무엇을 하는가에 대한 학문이 아니야, 데이비드. 우리가 무엇을 해야 하는가에 대한 것이지." 빅터가 말했다.

"빅터, 그래서 윤리는 완전히 시간 낭비인 겁니다." 니컬러스가 쾌활하게 말했다.

"어떻게 도덕관념이 없는 게 우월하다고 생각하세요?" 앤이 니컬러스에게 물었다.

"우월하고 아니고의 문제가 아니죠. 그건 따분한 사람이나 도덕적인 체하는 사람이 되지 않으려는 욕구에서 나오는 것일 뿐이에요."

"니컬러스는 어느 모로 보나 우월하지. 만일 니컬러스가 따분한 사람이나 도덕적인 체하는 사람이 **되더라도**, 분명 그런 사람으로서 우월할 거야." 데이비드가 말했다.

"감사합니다, 데이비드." 니컬러스는 확실히 흐뭇해 보였다.

"변호사가 된다거나 페이스트리 전문 제빵사가 되는 것처럼 사람을 '따분한 사람'*이라고 규정할 수 있는 언어는 영어밖에 없어. 따분함을 직업처럼 만든 것이지. 다른 언어에서는 사람한

★　한 단어로 'bore'라는 명사.

테 그냥, 따분하다, 라고 할 뿐이야. 일시적인 현상인 거야. 문제는 이 사실이 영국인들 전체에 따분한 사람들에 대한 더 광범위한 불관용 또는 특별히 심하게 따분한 자질이 있다는 걸 가리키는 건 아닌가 하는 점이지."

그건 당신들이 모두 굉장히 따분한 노땅들이니까, 브리짓은 생각했다.

이베트가 수프 접시를 걷어 가지고 나가며 문을 닫았다. 그 바람에 촛불이 흔들거렸고, 패널화의 농부들이 잠깐 동안 다시 살아 움직이는 듯했다.

"사람이 목표로 하는 건 엉뉘*지." 데이비드가 말했다.

"우리의 오랜 벗 따분함에게는 프랑스어만으론 물론 부족해요." 앤이 말했다. "그건 무료함 더하기 돈, 또는 무료함 더하기 거만함이죠. '나는 모든 게 따분하다는 것을 경험으로 안다, 고로 나는 매력적이다'라는 것이죠. 그런데 사람들은 세계상을 가지면 자기들도 그 일부가 되지 않을 수는 없다는 생각은 들지 않는가 봐요."

이베트가 송아지 고기구이와 채소가 담긴 커다란 접시를 내오는 동안 잠시 침묵이 흘렀다.

"여보, 지난번 앤과 빅터가 왔을 때 메뉴와 똑같은 걸로 하다

---

*   ennui. '권태'를 뜻하는 프랑스어.

Never Mind

니, 당신 기억력 정말 대단해."

"어머나, 이걸 어쩌면 좋아. 정말 미안해요." 엘리너가 말했다.

"동물 윤리 말이 났으니 말입니다만, 작년에 제럴드 프로그모어는 영국에서 누구보다 많은 새를 쐈을 겁니다. 휠체어 신세를 지는 사람치곤 나쁘지 않은 기록이죠."

"그 사람은 자유로이 날아다니는 건 뭐든 못 봐 주나 봐요." 앤은 즉시 그 말을 괜히 했다는 생각이 들자 얼마간 흥분되었다.

"유혈 스포츠에 반대하시는 건 아니겠죠?" 니컬러스는 "설상가상으로"라는 말은 입 밖에 내지 않았다.

"그럴 리 있겠어요? 질투에 근거한 중산층의 편견 때문이에요. 바로 맞췄죠?"

"아니, 뭐, 그런 말을 하려던 건 아니지만, 내가 할 수 있는 것보다 훨씬 더 멋지게 표현하셔서······"

"중산층 출신을 경멸하세요?" 앤이 물었다.

"나는 중산층 **출신**을 경멸하지 않아요. 그 반대로 중산층에서 멀어지면 멀어질수록 더 좋죠." 니컬러스가 커프스단추가 달린 한쪽 소매를 쑥 잡아 뺐다. "내가 역겨워하는 건 중산층 **가운데** 있는 사람들이에요."

"중산층 사람들이 니컬러스 당신이 말하듯이 중산층에서 멀어질 수 있어요?"

"그럼요. 빅터가 아주 두드러진 사례죠." 니컬러스는 너그러움을 보였다.

빅터는 대화를 즐기고 있다는 듯이 웃었다.

"물론 여자들은 그러기가 더 쉽죠." 니컬러스는 말을 계속했다. "결혼은 여자를 처량한 환경에서 넓은 세상으로 들어 올려 주는 축복이에요." 그리고 브리짓을 흘긋 보았다. "대타가 필요할지 모를 사람들에게 그림엽서나 보내며 시간을 보내는 그런 부류의 호모가 아니라면, 실제로 남자가 할 수 있는 건 윗사람이 시키는 대로 하는 것뿐이죠. 아주 매력적이고 박식해야 하기도 하고." 니컬러스는 빅터를 안심시키는 웃음을 지어 보였다.

"니컬러스는 물론 전문가지, 몸소 여러 여자를 밑바닥에서 건져 냈으니까." 데이비드가 끼어들었다.

"상당한 비용이 들었죠." 니컬러스가 동의했다.

"밑바닥에 끌려 들어가서 치른 희생은 훨씬 더 컸지 않은가, 니컬러스?" 데이비드는 니컬러스에게 정치적 굴욕을 상기시켰다. "어쨌거나 자네는 밑바닥이 마음이 편한가 보네."

"기가 막히네요, 선생님. 나처럼 그렇게 시궁창에 내려갔다 와 보면 밑바닥은 장밋빛 인생 같아 보인답니다요." 니컬러스가 런던 토박이 사투리를 웃기게 흉내 냈다.

엘리너는 최고라는 영국인의 예의에 그토록 높은 비율의 노골적 무례함과 검투사의 경기 같은 측면이 있다는 게 여전히 납

득되지 않았다. 남편이 그 자유를 남용한다는 걸 아는 한편 그 몰인정한 언행에 자기가 간섭하는 게 또한 얼마나 '따분한' 일인지도 알고 있었다. 데이비드가 사람들에게 그들의 약점이나 실패를 상기시켜 줄 때면 엘리너는 희생자들의 기분을 자기 것으로 삼아 그들을 구해 주고 싶은 욕구와 남편에게 유희를 망쳤다는 비난을 듣고 싶지 않은, 똑같이 강한 욕구 사이에서 갈등했다. 그 갈등에 몰입하면 할수록 더 곤궁한 처지에 몰렸다. 무슨 말을 하더라도 틀릴 것이기 때문에, 무슨 말을 해야 할지 전혀 알 수 없었다.

엘리너는 영국산 은제품, 프랑스산 가구, 중국산 도자기의 황무지를 사이에 두고 어머니에게 고함치던 계부 생각을 했다. 그 골동품들은 계부의 물리적 폭력을 억제하는 데 도움이 되었다. 이 왜소한 발기 불능의 프랑스인 공작은 1789년에 문명이 죽었다고 개탄하며 평생을 보냈다. 그런데도 아내에게 혁명 전의 골동품을 판 상인에게서 판매가의 10퍼센트를 뒤로 받아먹었다. 계부는 어머니 메리에게 모네와 보나르 그림들을 강제로 팔게 했다. 절대로 정말 중요해지지 않을 퇴폐적 미술의 전형이라는 게 그 이유였다. 계부에게 메리는 까다로운 취향의 미술관 같은 그들의 여러 거주지에서 가장 값어치 없는 물건이었다. 메리가 들볶이다 결국 죽음에 이르렀을 때 계부는 자기 인생에서 현대성의 마지막 흔적이 제거되었다는 생각을 했다. 물론 오하이오

주에서 생산되는 드라이클리닝 용액의 판매로 얻게 된 거액의 소득은 예외였다.

엘리너는 어머니가 박해받는 것을 보면서 그랬듯이 오늘 밤 자신의 점진적 붕괴 앞에서도 선명한 침묵으로 일관했다. 엘리너는 잔인한 사람은 아니었는데도, 파킨슨병에 걸린 계부가 포크로 완두콩을 떠서 입에 가져가면 빈 포크만 입에 들어가는 것을 보고 웃지 않을 수 없었던 옛일이 떠올랐다. 하지만 미워한다는 말을 한 적은 없다. 그때도 안 그랬는데, 이제 와서 새삼 그럴 생각은 없었다.

"엘리너를 보세요. 저 얼굴 표정은 돌아가신 부자 어머니를 생각할 때만 볼 수 있죠. 내 말이 맞지, 여보, 안 그래?" 데이비드가 엘리너를 부추겼다. "안 그래?"

"네, 맞아요."

"엘리너의 어머니와 이모는 인간 골동품을 살 수 있다고 생각했어요." 잘 속는 아이에게 『빨간 모자』를 읽어 주는 남자의 어조였다. "오래되어 좀이 슨 작위 소지자들에게 돈뭉치로 새로운 천을 씌워 주지. 하지만 인간을 물건 취급하면 곤란해." 데이비드는 자신의 해학적인 의도를 완전히 감추지 못하고, 낯 뜨거운 진부한 말로 결론을 내렸다.

"그렇고말고요." 브리짓은 자기 목소리에 놀랐다.

"내 말에 동의해요?" 데이비드가 갑자기 주의를 기울였다.

"그렇고말고요." 브리짓은 침묵을 깼지만 표현은 약간 제한적이었다.

"어쩌면 그 인간 골동품들은 구매되고 싶었는지도 모르죠." 앤이 말을 꺼냈다.

"그걸 의심하는 사람은 아무도 없어요." 데이비드가 말했다. "분명 창유리를 핥고 있었겠지. 근데 정말 충격적인 건 루이 15세 의자가 구조되고 나서 그 가늘고 약한 뒷다리로 일어나 감히 명령하기 시작했다는 거죠. 그 **배은망덕이란!**"

"와! 그 루이 15세 의자가 뭐라고. 값이 1실링이나 2실링 할 텐데." 니컬러스가 말했다.

빅터는 자기가 엘리너인 양 무안했다. 어쨌든 저녁 식사 비용을 지불하는 건 엘리너 아닌가.

브리짓은 데이비드의 말이 혼동되었다. 사람을 물건 취급하면 안 된다는 말에는 전적으로 동감이었다. 사실 환각에 빠져 있다가, 세상의 문제는 사람들이 서로 물건 취급하는 점이란 것을 압도적으로 명료하게 깨달은 참이었다. 붙들고 있기 너무 어려운 그런 거창한 생각이었지만, 그 생각이 든 순간에는 매우 뜨겁게 느끼던 차에 데이비드의 말을 듣고, 자기와 같은 생각을 말하려 한다고 생각한 것이다. 브리짓은 또한 니컬러스가 무서워하는 유일한 사람이라는 점 때문에 데이비드에게 감탄했다. 다른 한편으론 니컬러스가 왜 무서워하는지도 알 수 있었다.

앤은 지긋지긋했다. 사춘기를 생각나게 하는 따분함과 반항심을 한꺼번에 느꼈다. 더 이상 데이비드의 기분을 받아 줄 수 없었다. 데이비드가 엘리너를 부추겨 못 살게 굴고, 니컬러스를 괴롭히고, 브리짓의 입을 다물게 하고, 심지어 빅터를 깎아 내리는 상황을 앤은 더 이상 참을 수 없었다.

"미안해요, 금방 돌아올게요." 앤은 엘리너에게 속삭이듯 말했다.

앤은 어둑한 현관으로 나가 가방에서 담배를 꺼내 불을 붙였다. 성냥불이 복도의 모든 거울에 비치더니, 계단 앞 바닥에서 무언가 반짝 빛났다. 허리를 구부려 집어 보니 작은 유리 조각이었다. 앤은 불현듯 누군가 자기를 보고 있다는 걸 알았다. 위를 쳐다보니 층계가 굽어져 올라가는 부분의 가장 넓은 계단에 패트릭이 앉아 있었다. 패트릭은 파란 코끼리 무늬의 플란넬 파자마를 입고 있었지만 얼굴은 풀이 죽어 보였다.

"아, 패트릭이구나, 아주 엄숙해 보이네. 잠이 안 와?"

패트릭은 대꾸하지도 움직이지도 않았다.

"이 유리 조각 좀 버려야겠다. 오늘 여기서 뭐가 깨졌나 보네?"

"내가 그랬어요." 패트릭이 말했다.

"잠깐, 이것 좀 버리고 올게."

거짓말, 패트릭은 생각했다, 오지 않을 거면서.

현관에는 쓰레기통이 없었다. 앤은 데이비드가 수집한 별난 지팡이들로 꽉 찬, 자기로 된 우산 꽂이 안에 유리 조각을 털어 넣었다.

앤은 서둘러 돌아가 패트릭과 계단에 나란히 앉았다. "유리에 손을 베었어?" 앤은 패트릭 팔에 손을 얹고 다정히 물었다.

패트릭은 "혼자 있고 싶어요"라며 앤에게서 떨어졌다.

"엄마 불러다 줄까?"

"네."

"그래. 가서 바로 엄마한테 말할게." 앤은 식당으로 들어가면서 니컬러스가 빅터에게 다음과 같이 말하는 것을 들었다. "저녁 전에 데이비드하고 얘기하다 교수님한테 물어보기로 한 게 있는데요, 자기가 저지른 범죄를 잊어버린 사람은 그 범죄로 처벌받아선 안 된다는 말, 정말 존 로크가 한 말입니까?"

"네, 그렇고말고요. 로크는 개인적 독자성은 기억의 연속성에 의존한다고 주장했어요. 그러니까 자기가 저지른 범죄를 잊어버린 사람을 처벌하면 엉뚱한 사람을 처벌하는 것이리란 거죠."

"나는 그걸 위해 한 잔!" 니컬러스가 말했다.

앤이 엘리너에게 몸을 구부리고 살짝 말했다. "자기 패트릭한테 좀 가 보는 게 좋겠어. 계단에 앉아서 엄마를 불러 달랬어."

"고마워." 엘리너가 속삭였다.

"자기 범죄를 기억하는 사람은 대개 스스로를 벌하리라고 믿어도 좋지. 그러니 그걸 잊어버릴 정도로 무책임한 사람은 법으로 처벌해야 해."

"사형이 옳다고 생각하세요?" 브리짓이 불쑥 끼어들었다.

"사형이 공개 행사라면, 그렇소." 데이비드가 말했다. "18세기에 교수형을 보러 가는 건 아주 좋은 나들이였지."

"모든 사람이 즐거워했죠. 심지어 교수형을 당하는 사람마저." 니컬러스가 덧붙였다.

"온 가족이 함께 즐기는 유흥." 데이비드가 말을 이었다. "요즘 사람들이 흔히 하는 말이 그런 거 아냐? 물론 그건 **내가** 항상 목표로 삼는 것이지. 옛날에는 가끔 타이번*으로 나들이를 가는 것으로 그 힘든 목표를 한층 쉽게 이룰 수 있었을 테지."

니컬러스가 키득키득 웃었다. 브리짓은 타이번이 무엇일까 생각했다. 엘리너는 희미하게 웃고, 의자를 뒤로 밀었다.

"자리를 비우려는 건 아니겠지, 여보." 데이비드가 말했다.

"금방 올게요…… 가 봐야 해서……" 엘리너가 우물우물 말했다.

"미처 알아듣지 못했어. 금방 돌아와야 한다고?"

"해야 할 게 있어서요."

"아, 그럼 얼른, 얼른, 얼른." 데이비드가 정중히 말했다. "당신

* 18세기 런던의 공개 사형장.

의 대화가 없으면 우리는 길을 잃을 거야."

엘리너가 문을 열고 나가려는데 마침 은제 커피포트를 가지고 오는 이베트가 먼저 문을 열었다.

"패트릭이 계단에 있는 걸 봤어요. 좀 슬퍼 보이던데요." 앤이 말했다.

데이비드가 이베트 옆으로 나가는 엘리너의 등으로 휙 시선을 던졌다. 데이비드는 "여보!" 한 다음 더 단호하게 "엘리너!" 하고 불렀다.

엘리너가 정신 줄을 놓지 않으려고 엄지손톱을 이에 문 채 돌아섰다. 담배를 피우지 않을 때는 지지러진 손톱을 물어뜯는 버릇이 있었다. "네?"

"패트릭이 칭얼거리거나 울 때마다 달려가지 않겠다고 우리가 합의했다고 난 생각했는데."

"하지만 패트릭이 아까 넘어졌는데, 어디 다쳤을지도 몰라요."

"그렇다면, 의사가 필요할지도." 데이비드는 갑자기 심각해지더니 금방 일어날 것처럼 식탁에 양손을 짚었다.

"오, 다친 거 같진 않아요." 앤이 데이비드가 일어나려는 것을 말렸다. 엄마 대신 아버지를 보내면 패트릭과 한 약속을 어기는 것이리라는 강한 느낌이 들었다. "그냥 위로를 받고 싶어 하는 거예요."

"거 봐, 여보, 다치지 않았다잖아. 그러니까 그건 그냥 감상적인 문제야. 아이의 자기 연민을 받아 주느냐 마느냐, 협박을 감수하느냐 마느냐, 하는. 이리 와 앉아요. 적어도 서로 의논해 볼 수 있잖아."

엘리너는 하는 수 없이 미적미적 자기 자리로 돌아갔다. 자기를 패배시킬, 그러나 설득시키지는 못할 대화에서 꼼짝 못 하게 될 것을 알고 있었다.

"내가 제의하고 싶은 건, 교육은 아이가 나중에 '내가 그걸 이겨 냈으니 못 이겨 낼 게 없다'라고 말할 수 있는 무엇이어야 한다는 거야."

"그건 말도 안 되는 잘못된 생각이에요. 잘 아시잖아요." 앤이 말했다.

"나는 어린이들이 능력을 개발해서 그것을 극대화시키도록 해야 한다고 확신하는 동시에, 만일 그들이 굉장히 비참한 생활을 한다면, 그런 개발은 가능하지 않다는 것 또한 확신하지." 빅터가 말했다.

"누가 누굴 비참하게 만든다고 그러시는 건지 모르겠군요." 니컬러스가 믿기 어렵다는 듯 입에 바람을 불어 넣어 볼을 부풀렸다. "그냥, 과잉보호는 아이들에게 좋지 않다는 얘기죠. 나를 보수적이라고 할지 모르지만, 아이들은 사리를 아는 유모를 붙여 주고 이튼에 이름을 올려 두기만 하면 됩니다."

"뭐? 유모?" 브리짓이 킥킥 웃었다. "그런데, 딸이면 어떡해요?"

니컬러스가 근엄한 얼굴로 브리짓을 쳐다보았다.

"억누르는 건* 니컬러스 당신 전문 같군요." 앤이 니컬러스에게 말했다.

"아, 네, 요즘은 인기 없는 견해란 건 알지만, 내 생각에 어렸을 때의 일은 별로 중요하지 않아요." 니컬러스는 혼자 흐뭇해했다.

"사실상 중요하지 않은 것들에 대해 말하기로 하면 내 목록은 니컬러스 씨로 시작해요." 앤이 말했다.

"어이쿠, 젊은 미국 여성이 맹렬한 백핸드로 받아쳤지만 선심은 아웃을 선언합니다." 니컬러스가 스포츠 해설자 같은 목소리로 말했다.

"자기가 나한테 한 말을 보면, 자기 어렸을 때 일어난 일들은 대부분 별로 중요하지 않았던 거 같은데. 그저 모두가 기대하는 대로 행동했으니까." 브리짓은 오른쪽 허벅지에 어렴풋한 압박을 느끼고 고개를 돌려 데이비드를 흘긋 보았다. 그러나 데이비드는 회의적인 표정을 갖추고 정면만 응시하는 듯했다. 압박이

---

*   니컬러스가 브리짓을 근엄하게 바라보며 압박하는 것을 본 앤이 '이튼에 이름을 올려 두기put them down for Eton'만 하면 된다고 한 니컬러스의 말에서 put down(억누르다, 끽소리 못하게 하다, 입학신청자로 이름을 등록하다)을 받아 '억누르는 건 putting things down'이라고 말하고 있다.

멈췄다. 브리짓 왼쪽에서는 빅터가 천도복숭아 껍질을 꼼꼼히 빨리 벗겼다.

"그래, 사실이야. 난 어렸을 때 특별한 일 없이 자랐어." 니컬러스는 침착해 보이려고 애쓰는 모습이 역력했다. "나는 내 코트의 벨벳 칼라에 뺨을 비비던 걸 기억해. 리츠 호텔의 그 금빛 연못에 던지려고 할아버지한테 동전을 달라고 했던 일. 장난감들통과 삽. 그런 것들."

브리짓은 니컬러스의 말에 집중할 수 없었다. 무릎에 차가운 금속이 닿는 듯해 내려다보니 데이비드가 작은 은제 나이프로 치맛단을 들추고 허벅지를 쓸었다. 도대체 무슨 생각으로 이러는 거지? 브리짓은 나무라듯 데이비드를 보고 눈살을 찌푸렸다. 그래도 데이비드는 브리짓을 쳐다보지도 않고 오히려 나이프 끝으로 허벅지를 조금 더 꾹 누를 뿐이었다.

빅터는 브리짓이 놓치고 못 들은 어떤 질문에 답하면서 냅킨으로 손가락을 닦았다. 브리짓이 들었을 때는 빅터가 약간 따분해하는 것으로 들렸는데, 그러는 것도 당연했다. "심리적 소속과 심리적 연속성의 정도가 충분히 약화되었다면 애정 어린 호기심만으로 어린 시절을 바라보리라는 건 물론 맞는 말일 겁니다."

브리짓은 아버지의 바보 같은 마술 묘기와 어머니의 끔찍한 꽃무늬 옷을 머릿속에 떠올렸다. 하지만 애정 어린 호기심을 느낄 수는 없었다.

"이것 좀 먹어 봐요." 데이비드가 식탁 가운데 그릇에서 무화과를 한 개 집으며 말했다. "지금 무화과가 가장 좋은 철이거든."

"아뇨, 사양하겠어요."

데이비드는 무화과를 손가락으로 꼭 눌러 쥐고 브리짓 입 앞으로 내밀었다. "자, 그러지 말고 어서, 이걸 얼마나 좋아하는지 내가 다 아는걸."

브리짓은 순순히 입을 열고 무화과를 물었다. 좌중이 물을 끼얹은 듯 조용했다. 브리짓은 모두 자기를 쳐다보고 있다는 걸 알고 얼굴을 붉히며 입에서 무화과를 꺼냈다. 그리고 곧바로 데이비드에게 껍질을 벗길 나이프를 달라고 했다. 데이비드는 그렇게 재빨리 빠지는 브리짓의 기술에 내심 감탄하며 나이프를 건네주었다.

엘리너는 브리짓이 무화과를 받는 것을 바라보며 익숙한 파멸의 느낌이 들었다. 데이비드가 남에게 자기 뜻을 강요하는 것을 보고 엘리너는 자기가 얼마나 자주 강요당했는지 생각하지 않을 수 없었다.

엘리너의 두려움의 근원은 패트릭을 임신한 날 밤의 파편 같은 기억이었다. 엘리너는 본의 아니게 콘월에 있는 집을 머릿속에 떠올렸다. 늘 축축하고 늘 잿빛이어서 뭍보다는 대서양에 더 속하는 곳이었다. 데이비드는 목덜미를 잡아 엘리너를 대리석

식탁 귀퉁이에 밀어 붙였다. 그러다 엘리너는 빠져나갔다. 데이비드는 달아나 계단을 오르는 엘리너의 뒷무릎을 쳐서 넘어뜨리고 양팔을 뒤로 꺾은 채 그 자리에서 아내를 강간했다. 엘리너는 낯선 사람처럼, 역적처럼 데이비드를 증오했다. 정말이지 데이비드를 얼마나 혐오했는지 모른다. 그러나 임신을 하자, **다시, 두 번 다시** 몸에 손을 대지 않는다면 갈라서지는 않겠다고 했다.

브리짓은 무화과를 조금 입에 물고 깨지락거렸다. 앤은 브리짓을 지켜보면서 여자라면 누구든 언제고 자문할 때가 있기 마련인, 내가 눈감고 참아야 하나? 라는 해묵은 물음을 머리에 떠올리지 않을 수 없었다. 내가 눈감고 참아야 하나? 앤은 브리짓을 어느 동양 폭한의 발치에 축 늘어져 있는, 목걸이를 단 노예로 생각해야 할지, 점심에 먹지 않고 남기려는 애플파이를 먹도록 강요당하는 반항적인 여학생으로 생각해야 할지 알 수 없었다.

앤은 니컬러스가 그전보다 더 한심하다는 느낌이 들었다. 니컬러스는 기껏 젠체하는 사람처럼 보이지 않으려고 늘 어리석은 말을 하고, 어리석어 보이지 않으려고 늘 젠체하는 말을 하는 그런 부류의 영국인이었다. 그들은 먼저 자기 자신을 획득하는 수고를 하지 않고 자기 풍자의 대상이 되었다. 스스로 '검은 늪지대의 생명체'*라고 생각하는 데이비드는 바로 그 퇴행한 실

★　　영화 〈해양 괴물Creature from the Black Lagoon〉(1954)에 나오는 선사시대 괴물.

패자들 가운데서 고등한 종種일 뿐이었다. 앤은 천도복숭아 찌꺼기를 앞에 두고 어깨가 둥그스름하게 구부정한 자세로 앉아 있는 빅터를 바라보았다. 빅터는 으레 자기 의무인 양 제공하던 제법 재치 있는 농담도 하지 않았다. 앤은 초여름에 그가 한 말이 생각났다. "내가 의심하는 것을 의심하며 시간을 보낼지라도 소문에 관해서라면 나는 **확실한** 정보가 좋아." 그때부터 오로지 확실한 정보만이 오갔다. 오늘 빅터는 달랐다. 어쩌면 정말 다시 글을 쓰고 싶은 것이었는지도 모른다.

엘리너의 짓밟힌 표정에도 더 이상 마음이 아프지 않았다. 다만 계단에서 기다리고 있을 패트릭 생각이 나자, 앤의 냉담한 마음이 흔들렸다. 하지만 그 생각은 결국 똑같은 결론을 내리게 하는 자극제가 될 뿐이었다. 앤은 이 사람들과 더 이상 어떤 관계도 갖고 싶지 않다는 것, 빅터는 일찍 가는 것을 당황스러워하겠지만, 떠나야 할 때가 되었다. 앤은 빅터를 쳐다보고, 눈썹을 추켜올리고 문 쪽을 향하는 눈짓을 했다. 인상을 찌푸릴 줄 알았던 빅터는 웬일로 고개를 살짝 끄덕였다. 마치 후추를 갈아 넣을까요, 라는 말에 그러라는 듯이. 앤은 잠깐 뜸을 들인 다음 엘리너 쪽으로 몸을 기울이고는, "안됐지만 우리는 이만 가 봐야겠어. 긴 하루였어, 자기도 분명 피곤할 거야" 하고 말했다.

"네, 나는 내일 아침 일찍 일어나 일에 진도 좀 나가야 해서요." 빅터가 단호히 말하고, 의자에서 무거운 듯 몸을 일으켰다.

그리고 의례적인 항의가 따르기 전에 얼른 엘리너와 데이비드에게 고맙다는 인사말을 했다.

사실 데이비드는 고개를 쳐들지도 않았다. 엄지손톱으로 시가의 밀봉된 끝을 계속 빙빙 돌리기만 했다. "자네, 나가는 길 알지? 전송하러 밖에까지 안 나가도 너그럽게 봐주기 바라네."

"절대로." 앤이 의도와는 달리 심각하게 말했다.

엘리너는 이런 상황에서 모든 사람들이 쓰는 관용 표현이 있다는 걸 알았지만, 아무리 생각해도 허사였다. 해야 할 말이 생각날 때마다 그것은 모퉁이를 돌아 달아나, 말하지 말아야 하는 것들의 무리 속으로 자취를 감추는 듯했다. 가장 성공적인 도망자는 가장 따분한 것, 말하지 않으면 아무도 알아채지 못하는 문장일 경우가 많았다. "만나서 반가웠어요…… 좀 더 있다 가시지…… 좋은 생각……"

빅터는 잠든 보초를 깨우고 싶지 않은 사람처럼 식당 문을 살살 닫았다. 빅터가 앤을 보고 웃자 앤도 마주 웃었다. 그들은 멜로즈 부부 집을 떠나는 게 얼마나 마음이 후련한지 불현듯 깨달았다.

"패트릭이 아직 있는지 볼게." 앤이 속삭였다.

"왜 속삭여?" 빅터가 속삭였다.

"나도 몰라." 앤이 속삭여 대답하고 계단 위를 쳐다보았다. 텅 비었다. 기다리다 지쳐 잠자러 간 게 분명했다. "잠자나 봐." 앤이 빅터에게 말했다.

그들은 정문으로 나가 넓은 계단을 올라 주차한 곳으로 갔다. 엷은 구름에 상처 입은 듯한 달을 둘러싸고 흩어진 빛이 원형을 이루었다.

"나더러 노력하지 않았다고 하지 마." 앤이 말했다. "니컬러스하고 데이비드가 자기들의 교육 방침 개요를 설명하기 전까지는 잘 버티고 있었어. 조지 같은 거물 친구가 슬프고 외롭다고 하면 당장 영국으로 날아가 손수 드라이 마티니를 타 주고 엽총에 총알을 장전시켜 주겠지. 옆방에 있는 자기 아들이 슬프고 외로울 때는 비참한 기분을 덜어 주느니 마느니 하는 걸 가지고 싸우면서."

"맞아. 결국 사람은 잔인에 대항해야 해. 적어도 잔인한 일에 가담하지는 말아야지." 빅터가 자동차 문을 열며 말했다.

"그 뉴 앤드 링우드 셔츠 아래 고결한 심장이 뛰고 있네."

그렇게 일찍 가야 해? 엘리너는 생각했다. 그게 바로 그 상투적인 말이다. 그 말이 생각나지 않았다. 그런 상투적인 말 또 하나는, 늦더라도 안 하는 것보다는 낫다, 이다. 그러나 이 경우엔 사실 맞지 않는 말이다. 어떤 상황은 너무 늦었을 경우가 있다. 그것이 발생한 바로 그 순간 이미 너무 늦은 것이다. 사람들은 어떤 경우에 무슨 말을 해야 할지 알고 있다. 무슨 뜻으로 말해야 할지도 알고 있다. 또 더 다른 사람들은, 다른 사람들보다 더 다른 사람들은 다른 사람들이 무슨 말을 했을 때 무슨 뜻으로 한 말인지 알고 있다. 아, 이런, 취했다. 엘리너의 눈에 눈물이 솟았다. 촛불이 적갈색 빛의 가시로 갈라져 술 광고 사진처럼 보였다. 엘리너는 쉼을 얻지 못하게 하는 불완전한 생각이 계속 터덜터덜 밤 속으로 달리지 못할 만큼 취하지는 않았다. 지금이라도 패트릭에게 갈 수 있을지 모른다. 그 아무개 여자애는 빅터와 앤이 떠난 직후 약빠르게 슬며시 빠져나갔다. 어쩌면 그들은 엘리너도 가게 내버려 둘지 모른다. 하지만 안 그러면 어떡하지? 엘리너는 또 다른 실패를 견딜 수 없었다, 다시 또 머리를 조아릴 수 없었다. 그렇게 해서 엘리너는 조금 더 오래 아무것도 하지 않았다.

"아무것도 중요하지 않다면 내 목록은 니컬러스 씨로 시작해요." 니컬러스는 앤의 말을 인용해 작고 높은 외마디 기쁨의 탄성을 질렀다. "빅터도 알아줘야 해요, 인습적인 사람이 되려고 그렇게 애를 쓰는데 전적으로 인습적인 애인을 가져 본 적이 없으니 말이죠."

"고상한 체하는 똑똑한 유대인의 견강부회보다 더 재미있는 건 없지." 데이비드가 말했다.

"그런 사람을 이 집에 들이시다니 정말 마음이 넓으세요." 니컬러스는 재판관 같은 목소리로 말했다. "**너무** 마음이 넓으신 건 아닌가 하는 배심원들이 있을지 모릅니다." 재판관이 쓰는 가발을 매만져 바로잡듯 하며 우렁차게 말했다. "영국 사회는 항상 개방성이 큰 장점이었잖아요. 과거의 기업가와 야심가, 가령 세실 일가가 단 300~400년 만에 안정의 수호자가 되었듯이. 그런데 원칙치고 그 자체로선 칭찬할 만할지라도 왜곡하지 못할 건 없는 법이죠. 그런데 오늘과 같은 경우, 그 불분명한 유대계 태생의 위험한 지식인을 한가운데로 받아들임으로써 언론이 '기득권층'으로 결정해 부르는 계층의 개방성과 너그러움은 남용되고 말았습니다."

데이비드는 빙긋 웃었다. 재미있는 시간을 갖고 싶었다. 더없이 공포스러운 인생을 그나마 살 만하게 해 주는 건 결국 거의 끝없이 많은 일을 가지고 남을 씹는 것이니까. 그러기 위해서는 뒤집힌 딱정벌레처럼 조용히 꿈틀거리고 있는 엘리너를 따돌리는 일만 남았다. 그런 다음 브랜디 한 병을 가지고 니컬러스와 자리 잡고 앉아 잡담하는 것이다. 이보다 더 완벽할 수는 없었다. "거실로 가세."

"좋습니다." 데이비드의 환심을 샀다는 것을 안 니컬러스는 공연히 엘리너에게 주의를 기울여서 그 특권을 잃고 싶지 않았기 때문에 조용히 일어나 와인 잔을 비우고는 데이비드를 따라 거실로 갔다.

엘리너는 의자에 얼어붙은 듯 그대로 앉아 있었다. 운 좋게도 철저히 혼자 남게 된 게 믿겨지지 않았다. 마음은 애정 어린 화해의 시간을 가지러 패트릭에게 달려갔지만, 저녁 식사의 잔해를 마주한 채 계속 구부정하게 앉아 있었다. 문이 열리자 엘리너는 움찔했다. 이베트였다.

"Oh, pardon, Madame, je ne savais pas que vous étiez toujours là앗, 죄송합니다, 주인마님, 여기 안 계신 줄 알았어요."

"Non, non, je vais justement partir아니, 괜찮아, 지금 막 일어나려던 참이었어." 엘리너는 변명하듯 말하고는, 니컬러스와 데이비드를 피하려고 부엌을 통해 뒤쪽 계단으로 올라갔다. 패트릭이 아직 계단에서 기다리고 있는가 보려고 복도 끝으로 가 보았지만, 아들은 그곳에 없었다. 그러자 잠자러 갔나 보다 하고 고마운 생각이 들기는커녕, 일찍 와서 위로해 주지 못한 데 대한 더 큰 죄책감만 들었다.

엘리너는 패트릭의 방문을 살살 열었다. 돌쩌귀의 끼깅 하는 소리에 마음을 졸였다. 패트릭은 자고 있었다. 엘리너는 아들을 깨우지 않기로 하고, 발꿈치를 들고 살금살금 도로 나갔다.

패트릭은 깨어 있었다. 심장이 두근거렸다. 그게 엄마인 줄 알았지만 이제는 늦었다. 다시는 엄마를 부르지 않을 것이다. 계단에서 아직 기다리고 있었을 때 복도로 나오는 문이 열렸다. 엄마인지 보려고 그 자리에 있다가 아버지일지도 몰라 숨었다. 그런데 거짓말을 한 그 여자가 나타났다. 모두 패트릭의 이름을 썼지만, 그들은 패트릭이 누구인지 알지 못했다. 언젠가는 적들의 머리로 축구를 하리라고 패트릭은 생각했다.

대체 제까짓 게 뭐라고! 감히 나이프로 내 치마를 들쳐? 브리짓은 식당 의자에 앉은 데이비드의 숨통을 엄지손가락으로 눌러 목을 조르는 상상을 했다. 그렇게 목을 조르는 장면이 혼란스러워지더니 홀연 자기가 데이비드 무릎에 쓰러진 것을 보았다. 그러자 거대하게 발기된 성기가 느껴졌다. "으, 역겨워, 완전 역겨워!" 브리짓은 소리쳤다. 그래도 데이비드는 강렬하기라도 했다. 강렬하게 역겨웠지만 강렬하기는 했다. 니컬러스와는 달랐다. 이제 보니 완전히 비굴한 사람, 정말 한심한 작자였다. 다른 사람들은 또 어찌나 따분한지. 이 집에서 어떻게 한순간이라도 더 있는단 말인가?

브리짓은 마리화나로 분노를 삭이고 싶었다. 여행 가방을 열고, 여벌로 가져온 카우보이 부츠 속에서 비닐 봉투를 꺼냈다. 봉투에는 진녹색 풀이 들어 있었다. 씨와 줄기를 발라내서 넣어둔 것이었다. 브리짓은 주황색 리즐라 종이 꾸러미를 가지고 둥근 창문 두 개 사이에 딱 맞는 재미난 고딕 양식의 책상에 앉았다. 가장 높은 아치형 칸에는 돋을새김으로 인쇄된 편지지 묶음이, 양쪽의 작은 아치형 칸에는 편지 봉투가 들어 있었다. 펼쳐진 책상 날개판에는 검은 가죽 패드가 있고, 그 위에는 커다란 압지가 놓여 있었다. 브리짓은 그 위에 대고 마리화나를 작게 말고 나서 압지에 떨어진 부스러기를 정성 들여 비닐 봉투에 쓸어 담았다.

그리고 나서 좀 더 의식을 갖춘 은밀한 분위기를 내기 위해 등불을 끄고 둥글게 휜 창턱에 앉아 마리화나에 불을 붙였다. 얇은 구름을 벗어나 위로 오른 달이 테라스에 깊은 그늘을 드리웠다. 브리짓은 마리화나를 한 모금 입 안 가득 빨아 폐로 흡수해서는 불어 내지 않고 그대로 머금은 채 오래된 땜납에서 잘라 낸 것처럼 흐릿하게 빛나는 무화과 잎들을 의식했다. 천천히 불어 낸 연기가 미세한 방충망 구멍으로 빠져나갔다. 그때 창문 아래쪽에서 문 열리는 소리가 들려왔다.

"블레이저코트가 왜 그렇게 흔하죠?"니컬러스의 말소리가 들렸다.

"그야 그자처럼 기분 나쁜 사람들도 입기 때문이지."데이비드가 대답했다.

어휴, 저들은 남들 흉보는 게 피곤하지도 않나? 브리짓은 생각했다. 아니, 최소한 내가 모르는 사람들 흉을 보는지도. 아니면 저건 내가 아는 사람인가? 아버지도 블레이저코트를 입는다는 게 생각나자, 수치심과 피해망상적인 생각이 스쳤다. 이제 아래에 있는 그들이 보였다. 그들은 시가를 피우고 있었다. 그들이 테라스 저쪽 끝으로 걸어가면서 말소리가 점점 희미해졌다. 브리짓은 마리화나를 한 모금 더 빨았다. 꺼져 가던 불이 다시 살았다. 저 새끼들, 내 얘기를 하고 있나 보다. 하지만 내가 마리화나에 취해서 상상하는 것에 지나지 않는지도 모르지. 그래, 마리화나에 취해서 상상한 거야. 브리짓은 웃었다. 함께 바보같이 굴 누군가가 옆에 있으면 좋겠다고 생각했다. 손가락에 침을 묻혀 너무 빨리 타 들어가는 면을 적셨다. 그때 그들이 이쪽으로 돌아오면서 말소리가 다시 들렸다.

"크로이든이 해크니에 있는 악명 높은 공중 변소에서 나오다 눈에 띄었을 때 '나는 아름다움이 이끄는 곳이면 어디든 따라갔네, 가장 아름답지 못한 곳까지도'라고 한 말로 그 질문에 대답해야 하겠습니다. 그런데 그 말은 추도식에서 인용되지 않았죠."

"나쁜 방침은 아니군. 좀 도발적으로 표현했더라면 좋았을 테지만." 데이비드가 말했다.

I2

집에 도착했을 때 앤은 기분이 좋았다. 소파에 털썩 앉아 신발을 걷어차듯 벗어 버리고 담배에 불을 붙였다. "당신 머리가 뛰어나다는 건 누구나 다 아는 사실이지만, 내 관심사는 그보다는 좀 덜 알려진 당신 몸이야."

빅터는 약간 안절부절못하며 웃으면서 위스키를 따르려고 방을 가로질러 갔다. "명성이 전부는 아니야."

"이리 좀 와 봐." 앤이 부드럽게 명령했다.

"한잔 줘?" 빅터가 물었다.

앤이 고개를 젓고, 빅터가 얼음을 두어 조각 잔에 넣는 모습을 지켜보았다. 빅터는 소파로 와서 따뜻하게 웃으며 그녀 옆에 앉았다.

앤이 키스하려고 몸을 앞으로 기울였을 때 빅터는 잔에서 얼음 한 덩어리를 꺼내 의외로 민첩하게 앤의 드레스 가슴 속에 집어넣었다.

"어머, 세상에!" 앤은 숨이 턱 막히는 기분이었지만 마음의 평정을 유지했다. "기분 좋게 차갑고 상쾌한걸. 그리고 축축해." 검은색 드레스를 입은 몸을 비틀며 얼음을 더 아래로 내려 보냈다.

"자기는 열기를 식힐 필요가 있을 거 같아서." 빅터는 양손으로 앤의 양쪽 무릎을 단단히 잡았다.

"어머나, 자기 겉보기와는 달리 식욕이 굉장해." 앤이 미국 남부 사람의 느린 말투로 아양을 떨듯 말했다. 앤은 한쪽 발을 소파에 올려놓고 동시에 손을 뻗어 빅터의 숱 많은 고수머리를 쓸었다. 위로 들려서 팽팽하게 당겨진 허벅지 힘줄 쪽으로 빅터의 머리를 서서히 당겼다. 빅터는 하얀 무명 속옷에 키스하고 이로 포도알을 집듯이 입을 댔다.

엘리너는 잠을 못 이루자 기모노 가운을 입고 뷰익 차로 도피했다. 플레이어 담배, 운전석 밑에서 꺼낸 코냑을 가진 엘리너는 하얀 가죽으로 된 자동차 실내 안에서 이상하게 마냥 행복했다. 몬테카를로 라디오를 틀자 그 행복이 완결되었다. 엘리너가 가장 좋아하는 노래, 영화 〈포기와 베스〉의 〈나는 아무것도 아닌

게 많아요)가 흘러나왔다. 엘리너는 소리 없이 가사를 따라 불러 보았다. "나는 아무것도 아닌 게 많아요." 거의 박자를 맞춰, 머리를 좌우로 까닥까닥하면서.

브리짓이 달빛 속에서 비틀거리며 가고 있었다. 여행 가방이 다리에 부딪쳤다. 엘리너는 그것을 보고 자기가 환각 상태에 빠졌나 보다고 생각했다. 처음은 아니었다. 도대체 저 여자애가 뭘 하는 거지? 그래, 너무나 분명하다. 떠나고 있는 거야. 그 행위의 단순함은 엘리너에게 큰 충격을 주었다. 자기는 오랜 세월이 흐르도록 어떻게 하면 발각되지 않게 땅굴을 파서 초소를 통과할 수 있을까 꿈만 꾸었는데, 신참이 열린 문으로 걸어 나가는 걸 보자 몹시 놀란 것이다. 저렇게 마치 자유의 몸인 양 진입로를 따라 내려가다니.

브리짓은 여행 가방을 양쪽 손에 번갈아 가며 들었다. 배리의 오토바이 뒤에 실을 수 있을지 확실하지 않았다.

이 모든 상황은 완전 기이한 삽화적 사건이었다. 브리짓은 늘 그렇듯이 불치의 감기를 앓는 늙은 돼지처럼 코를 골며 자는 니컬러스를 떠난 것이다. 계획은 여행 가방을 일단 진입로 초입에 놔두고 배리를 만나 다시 가지러 오는 것이었다. 브리짓은 가방을 다시 다른 손에 옮겨 들었다. 막상 짐을 가지고 떠나면, 탁 트인 길의 유혹은 확실히 그 매력을 얼마간 잃기 마련이다.

마을 교회 옆에서 2시 반. 저녁 식사 전에 배리가 전화로 일러 준 것이었다. 브리짓은 로즈메리 수풀 속에 여행 가방을 내려놓았다. 겁이 난다기보단 짜증 난다는 것을 스스로 증명하는 성마른 한숨을 쉬었다. 그 마을에 교회가 없으면 어떡하지? 누가 여행 가방을 훔쳐 가면 어떡하지? 그런데 마을은 여기서 얼마나 멀지? 어휴, 산다는 건 정말 복잡해. 브리짓은 아홉 살 때 가출한 적이 있었지만, 자기가 집에 없을 때 부모님이 뭐라고 할까 하는 생각을 견딜 수 없어 되돌아갔다.

브리짓은 마을로 내려가는 작은 길에 들어서자 소나무에 에워싸였다. 어둠이 짙어지다 결국 달빛이 더 이상 길을 비추지 않았다. 산들바람이 키 큰 나무들 가지에 생기를 주었다. 브리짓은 두려움에 휩싸여 갑자기 걸음을 멈추었다. 배리는 기본적으로 정말 재미있는 사람일까? 배리는 약속을 정한 뒤 "꼭 와야 해!" 하고 말했다. 니컬러스와 멜로즈 부부에게서 달아난다는 생각에 분별을 잃었을 때는 성가신 것을 잊었지만, 지금은 그게 얼마나 짜증 나는 일인지 알았다.

엘리너는 코냑 한 병을 더 가져올까(코냑은 활기를 주기 때문에 자동차용이었다), 아니면 잠자리에 들어 위스키를 마실까 생각했다. 어느 쪽이든 집에 들어가야 했다. 자동차 문을 열려고 하는데 브리짓이 다시 보였다. 이번에는 진입로를 거슬러 여행 가방을 끌고 비틀거리며 올라오고 있었다. 엘리너는 침착하고 초연했다. 더 이상 무엇에도 놀라지 않을 것이라는 결론을 내렸다. 어쩌면 브리짓은 매일 밤 운동 삼아 저러는지도 모를 일이었다. 아니면 차로 어디론가 데려다주길 원하는지도. 엘리너는 관여하기보단 구경하는 편을 택했다. 브리짓이 재빨리 집으로 들어간 이상은.

브리짓은 어디선가 라디오 소리가 났다고 생각했지만, 나뭇잎이 바스락거리는 소리에 다시 소리를 놓쳤다. 브리짓은 자기의 무모한 짓에 마음이 어지러워지고 당황스럽기까지 했다. 게다가 팔은 떨어져 나갈 것 같았다. 까짓것, 괜찮아, 적어도 어떤 자기주장은 한 셈이다, 어느 정도는. 브리짓이 문을 열었다. 문에서 끼이익 소리가 났다. 다행히 니컬러스는 틀림없이 마약에 취한 코끼리처럼 자고 있을 테니 어떤 소리든 들릴 리 없었다. 하지만 그 소리에 데이비드가 깼다면? **소-름 끼쳐.** 또 한 번 끼이익 소리가 나고 문이 닫혔다. 복도를 살금살금 걸어가는데 신음 소리 같은 게 들리더니 아파서 울부짖는 것 같은 작은 비명 소리가 뒤따랐다.

데이비드는 두려움의 소리를 지르며 깼다. 사람들은 도대체 왜 "그건 **단지** 꿈에 지나지 않아"라는 말을 하는 걸까? 꿈은 데이비드를 지치게 하고 팔다리를 잘랐다. 그것은 더 깊은 불면증의 심층으로 통하는 것 같았다. 누군가 휴식은 없다는 것을 보여 주기 위해 데이비드를 얼러 잠재우는 듯이. 오늘 밤 데이비드는 꿈에서 아테네 공항의 절름발이였다. 포도나무 그루터기처럼 팔다리가 꼬인 느낌이 들었다. 앞으로 몸을 던지듯 나아가려고 하면, 머리는 이리저리 굴을 파고 나가듯 움직이고, 매정한 손은 제 얼굴을 찰싹찰싹 때렸다. 공항 대합실의 승객들은 모두 아는 사람들이었다. 라코스트 센트럴의 바텐더, 조지, 브리짓, 몇십 년 동안 런던의 파티에서 만난 사람들. 그들은 모두 이야기하거나 책을 읽고 있었다. 그런데 데이비드는 한쪽 발을 질질 끌고 무거운 듯 몸을 일으켜 대합실을 가로질러 가며 말을 하려고 애썼다. "여, 나 데이비드 멜로즈요, 이 우스꽝스러운 변장에 속지 말기 바라오." 그러나 말은 안 나오고 신음 소리만 나올 뿐이었다. 그런 와중에 그들에게 볶은 견과류 홍보물을 던지지만 정확하게 가지 않아 속상했다. 데이비드는 더 절박해지자 비명을 질렀다. 그런 것을 보고 곤혹스러워하는 얼굴들도 있었다. 어떤 얼굴들은 태연한 체했다. 조지가 옆 사람에게 말하는 소리가 들렸다. "정말 기분 나쁜 사람이야."

데이비드는 불을 켜고 손을 뻗어 『조록스, 다시 말을 타다』를 더듬어 찾았다. 그리고 패트릭이 그 일을 기억할지 생각했다. 물론 언제나 억압이란 게 있다. 데이비드 자신의 욕망에는 그리 잘 작용하는 것 같지 않지만. 다시는 그 짓을 하지 않도록 해야 한다. 그것은 정말 운명을 시험하는 짓이 되리라. 데이비드는 자신의 대담무쌍함에 미소 짓지 않을 수 없었다.

패트릭은 꿈에서 깨어나지 않았다. 바늘이 어깨뼈 밑으로 슬쩍 들어가 가슴으로 나오는 것을 느꼈지만 꿈에서 깨어나지 않았다. 굵은 실이 낡은 자루처럼 폐를 꿰매 숨을 쉴 수 없었다. 얼굴에 말벌이 어른거리는 것 같은 공포에 홱 머리를 숙이고 몸을 비틀고 허공을 휘저었다.

패트릭은 숲에서 자기를 쫓아왔던 알자스 셰퍼드를 보았다. 그러자 자기가 또 누런 낙엽이 바스락거리는 길을 점점 더 큰 보폭으로 달리고 있다는 느낌이 들었다. 개가 가까이 쫓아와 물려고 하자 패트릭은 크게 구구단을 외우기 시작했고, 마지막 순간, 몸이 땅에서 들리는가 싶더니 뱃전 너머의 해초처럼 나무숲 꼭대기가 내려다보였다. 패트릭은 절대로 잠들지 말아야 한다는 것을 알았다. 아래에서는 알자스 셰퍼드가 마른 낙엽을 날리며 허둥지둥 멈추더니 말라 죽은 가지 하나를 입에 물었다.

어둠의 유산

눈물이, 이유 없는 눈물이

눈물이, 근거 없는 눈물이

— 앨프리드 로드 테니슨

모든 인간은 그 자체로 하나의 세계, 즉 다수로 이루어진 집단이다.

— 조앤 리비에르, 「문학에 반영된 내면세계의 무의식적 환상」

『괜찮아』는 에드워드 세인트 오빈의 자전적 소설로, 모두 다섯 권으로 이루어진 「패트릭 멜로즈 소설 5부작」의 첫 번째 책이자 데뷔작이다. 이 5부작의 각 권에서 다루는 연령대가 모두 다른데, 이 소설은 패트릭이 어렸을 때 하루 동안에 일어난 일을 그린다.

프랑스 프로방스 지방에서 사는 상류층 가정의 다섯 살 먹은 아들 패트릭은 이날 아버지에게 강간을 당한다. 영국인 아버지 데이비드 멜로즈의 잔인과 미국인 어머니 엘리너의 냉담과 무기력, 상류층의 도덕관과 관습, 계급 의식을 절제된 언어와 냉소적 시선으로 그린 이 소설이 1992년에 출간되었을 때 이것이 자전적 이야기일 거라고 생각한 사람은 별로 없었다. 가정 내 성폭력을 책으로 낸다는 것은 상상하기 힘든 일이었다. 불행했던 어린 시절을 털어놓는 폭로적 회고록이 유행하기 시작한 때이긴 했어도, 이 소설에서 일어난 일을 세상에 공개한다는 것은 용기 이상의 무엇을 필요로 하는 일이었을 것이다. 그것은 저자 에드워드 세인트 오빈에게는 죽느냐, 이 책을 쓰느냐 하는 양자택일의 문제였다. 스스로 목숨을 끊지 않기 위해 책을 쓴다는 건 어떤 것일까?

에드워드 세인트 오빈은 1960년 영국 런던에서 태어났다. 아버지 로저 세인트 오빈은 영국 특권층의 대명사인 이튼 학교를 나와 의사가 되었다. 피아니스트가 되려고 했지만 좌절하고 군인이 되었으며, 의사 자격증을 가졌지만 의사로 일하지는 않았다. 세인트 오빈 집안의 시조는 영국 왕 찰스 2세의 사생아로 1671년에 태어난 준남작이다. 어머니 로나는 미국 신시내티 출신으로, 그 가족은 증조부대로부터 막대한 재산을 물려받았다. 두 사람의 결혼은 서로에게 결여된 것을 채워 주는 결합이었다.

세인트 오빈 가족은 에드워드가 태어나서 얼마 안 되었을 때 로저의 뜻대로 프랑스로 이사를 갔다. 부모는 에드워드가 여덟 살 때 이혼하고, 에드워드는 어머니와 런던으로 돌아왔다. 『괜찮아』는 충격적 사건이 일어난 하루의 일만 그리고 있지만, 그날 아버지의 침실에서 창문으로 나가 '반대편 지붕으로' 사라진 그 '도마뱀붙이'는 그 후로도 3년 동안 아버지에게 '희생'되었다. 그리고 부모가 이혼할 무렵, 패트릭은 저항을 하고 아버지의 손에서 벗어났다.

소설에는 등장하지 않지만 저자에게는 알렉산드라는 이름의 누나가 있다. 누나를 포함시키지 않은 이유에 대해 "그것은 누나에 대한 최고의 경의 표시"라고 저자는 말한다. 누나는 "멜로즈 집안사람답지 않게 정상적"이기 때문이라는 것이다. 부모가 1957년에 결혼을 했고, 저자는 1960년에 태어났으므로 누나와는 많아야 두 살 터울일 것이다. 누나는 동생의 곤경을 알아차리지도 못했다. 알았더라도 영리하고 잔인한 아버지에게서 동생을 보호하지 못했을 것이다. 그런데 『괜찮아』가 출간되었을 때, 알렉산드라는 동생에게 "사람들이 내 어릴 적 얘기를 물으면 그냥 이 책을 주면 되겠다"고 했다.

'멜로즈 5부작'은 저자가 다섯 살 때부터 40대에 이르기까지의 극적인 인생을 다루는데, 여덟 살 때부터 열여섯 살까지 학창 시절이 어땠는지는 말하지 않는다. 이에 관해서는 어떤 인터뷰를 보아도 이미 많은 작가들이 성장소설로 다루어 온 영역이기 때문에 생략한 것으로 보인다.

세인트 오빈은 런던 웨스트민스터 사립학교에 다녔다. 그는 재학 중이던 열여섯 살에 벌써 코카인과 헤로인 주사를 맞기 시작했다. 『괜찮아』의 잔인이 패트릭에게 어떤 영향을 끼쳤는지 그 결과를 보여 주는 『나쁜 소식Bad News』에서는 20대 때의 마약 편력을 다룬다. 그는 열여덟 살 때는 런던과 뉴욕을 오가며 마약에 빠져들었다. 처음에는 맨해튼 렉싱턴가와 23번가가 교차하는 지점에 있는 조지 워싱턴 호텔에 묵었다. 당시 일주일에 27달러였으니까, 지금의 화폐 가치로 환산하면 약 120달러 정도 되는 아주 값싼 방이었다. 1970~1980년대만 해도 맨해튼 도처에서 마약을 아주 쉽게 구할 수 있었다. 그때 에드워드는 각성제와 진정제, 환각제를 호텔 방에 쌓아 놓다시피 하고 취했다. 그는 한 인터뷰에서 이렇게 말했다.

"나는 그때 눈을 감은 채 손을 뻗어 침대 옆 탁자 서랍을 열고는 아무 약이나 세 알을 집어, 어떤 약인지 보지도 않고 먹곤 했다. 그것은 위험한 모험이었다. 만일 세 알이 모두 블랙 바머(각성제)라면 심장마비를 일으켜 죽고, 모두 퀘일루드(진정제)라면 완전히 곤죽이 되어 물웅덩이처럼 퍼지게 된다. 그렇게 아무것이나 세 알을 먹은 다음, 내가 먹은 게 무엇이었는지 약효로 알 수 있을 때까지 기다리는데, 그 시간도 못 참아 약물 주사를 놓고, 마리화나를 피우면서 텔레비전을 켜고, 화면에 눈보라가 치는 것 같은 〈로드 러너〉를 보았다."*

그런데 그게 전부가 아니었다. 그것뿐이었다면 어쩌면 '소설가' 에드워드 세인트 오빈은 없었을지 모른다. 약물과 술에 취하고 깨어나고 하는 생활을 반복하는 가운데도 마약 옆에는 토마스 만의 『마의 산』, 프란츠 카프카, 사뮈엘 베케트, 알베르 카뮈의 책들이 나란히 놓여 있었다. 열일곱 살의 어린 마약 중독자는 그런 주요 작가들에게도 취해 있었다. 세인트 오빈은 글을 써야 한다고 생각했다. 그것이 유일한 존재 이유인 듯했다. 그게 아니라면 죽는 게 나았다. 어려서 그런 일을 겪었는데 왜 안 그랬겠는가?

그리고 마약 중독의 원인을 제공한 아버지, 로저 세인트 오빈은 어린 아들에게 매일 밤 자기 전에 『대영 백과사전』에서 일곱 개 항목을 읽게 하고, 그다음 날 테스트를 했다(이런 학습이 저자의 지적 발달에 영향을 주었으리란 것을 생각하면 참으로 아이러니라 하지 않을 수 없다). 읽지 않아서 물음에 답하지 못하면 겪게 될 온갖 괴롭힘을 피하기 위해서라도 에드워드는 매일 밤 자기 전에 백과사전을 읽었다. 세인트 오빈의 집에서 함께 지내기도 했던 올리버 제임스가 훗날 증언한 말이기도 하다. 올리버 제임스는 그때 열두 살이었고, 나중에 정신과 의사가 되었

★   Ian Parker, "Inheritance: How Edward St. Aubyn made literature out of a poisoned legacy." *The New Yorker*, https://www.newyorker.com/magazine/2014/06/02/inheritance.

으며 에드워드가 위기에 처했을 때 큰 도움이 되었다.

세인트 오빈은 마약에 중독된 생활을 하는 가운데 조금 늦은 대학 준비 과정을 거쳐 열아홉 살이 되던 1979년에 옥스퍼드 키블 대학교에 입학해서 영문학을 전공했다. 그때 대입을 위해 몇 달 동안 다닌 '비싼 속성 학교'의 개별 지도 선생님은 1979년에 『템스 강에서Offshore』로 맨부커상을 수상한 소설가 퍼넬러피 피츠제럴드였다. 세인트 오빈은 당시에는 피츠제럴드가 소설가인 줄 몰랐다.

열여덟 살 되던 해에는 외할머니에게 재산을 '조금' 물려받았다고 하는데, 그 액수는 "할머니 핸드백 바닥의 잔돈 정도"라고 하지만 수백만 달러에 달하는 것으로 알려져 있다("내가 가진 재산은 부모님에게 물려받은 게 아니라, 잘 알지도 못하는 죽은 사람에게 받은 것이다"). 이때부터 그는 콩코드 비행기를 타고 맨해튼으로 '마약 여행'을 갔고, 허름한 조지 워싱턴 호텔이 아닌, 최고급 피에르 호텔에서 생활했다. 이 피에르 호텔은 『나쁜 소식』의 주요 배경이다.

세인트 오빈은 워낙 난독증이 있어서 책을 빨리 읽지 못한다. 무엇이든 끝까지 읽으려면 상당히 많은 시간이 걸리는데, 덕분에 그는 '단어의 소리와 문장의 리듬에 누구보다 많은 관심을 갖게 되었다'고 한다. 그래서 50대 중반인 지금도 그는 가급적 읽을거리가 생기지 않기를 바란다.

마약 중독은 대학 생활에도 계속되었다. 이 시절 함께 헤로인을 한 친구로는 나중에 소설가가 된 윌 셀프도 있다. 세인트 오빈은 약물 과잉 투여로 병원 응급실에 실려 가기 일쑤였다. 그런데도 퇴학당하지 않은 건 번득이는 문학적 재능 때문이었다. 그걸 알아본 교수들이 호의를 베푼 것이다. 1982년 졸업 시험을 앞둔 방학 때, 바리움(신경안정제)과 위스키로 헤로인을 대신하려고 처방을 받아 약국에서 약을 기다리는 중에 같은 학교에 다니는 니컬라 슐먼을 만났고, 슐먼을 통해 영화배우 휴 그랜트와 저널리스트 나이젤라 로슨 같은 학생들과 어울렸다.

세인트 오빈은 슐먼과 사귀며 다소 생활의 안정을 찾는가 싶었지만 약물을 끊지는 못했다. 헤로인 주사를 맞고 멋 부리며 돌아다니는 생활의 연속이었다. 예전처럼 각종 약물에 취하는 생활로 돌아가고 싶었지만 "아름다운 여자 친구가 생겼고, 파티에도 다녀야 했기 때문에" 그러지는 못했다. 두 사람은 연애하다가 1987년에 결혼했고 1990년에 이혼했다. 니컬라 슐먼은 어떤 후작과 재혼해서 후작 부인이 되었다. 후작은 서열상 공작보다는 낮고 백작보다는 높은 귀족이었다. 영국 계층 구조의 좌표를 따지자면 로저나 에드워드 세인트 오빈은 상류층 경계에 속하지만 후작처럼 작위와 영지가 있는 귀족은 아니다. 신분과 계층에 대한 관찰은 소설 속에서 내부자의 시선으로 그려진다.

세인트 오빈은 자기 경험에 비추어 트라우마는 분열을 초래

하며, 기억을 억압하지는 않는다고 생각한다. 기억하고 못 하고 의 문제가 아니라, 표현을 제대로 할 수 있고 없고의 문제라는 것이다. 『괜찮아』에 그려진 유년기 트라우마의 기억은 메리 카 Mary Karr 의 『거짓말쟁이들의 클럽The Liars' Club』처럼 자세하고 생생하지만 그보다 훨씬 더 절제된 언어로 심연을 더듬는다.

　『괜찮아』에서 두드러지는 것 중 하나는 특권 계층의 우월 의식이다. 세인트 오빈이 보는 우월 의식에는 두 가지 형태가 있다. 권력자나 특권층이 아닌데 그들과 가까이 있으면 자기도 권력자나 특권층인 것 같은 착각을 하는 출세 지향적 우월 의식이 있는가 하면, 그런 계층에 속해 있는 사람이 그렇지 않은 사람에 대해 갖는 경멸의 우월 의식이 그것이다. 예를 들어 소설에서 데이비드는 아들을 강간하고 난 뒤 "어쩌면 고상한 척하는 중산 계급에 대한 경멸을 너무 무리하게 밀어붙였는지도 모른다"(116쪽)고 생각한다. 그런 아버지의 영향을 받은 에드워드는 그 당시 새로 온 유모가 목욕할 준비를 하라고 하자, 제 방으로 가서 정장에 넥타이, 양말, 구두 차림으로 욕실로 돌아와 그대로 욕조 물에 몸을 담근 일이 있다. 그러자 유모는 아무 말 못 하고 쳐다보기만 했고, 결국 그곳을 떠났다(이 소설에서는 다루지 않은 내용이다). 자기보다 낮은 계층의 생활 양식을 의식적으로 피하는 파괴적인 생각과 행동을 어린 아들이 나름의 방식으로 답습한 것이다.

저자보다 나이가 일곱 살 많지만 어려서부터 친구로 지낸 올리버 제임스는 훗날 정신과 의사가 되었는데, 데이비드 멜로즈 즉 로저 세인트 오빈을 퇴행성 소아성애자로 진단한다. 정신병에 마키아벨리즘과 나르시시즘이 합쳐진 경우로 보는 심리학자도 있다. 여기서 퇴행성 소아성애는 보통은 어른을 대상으로 하지만, 이 관계가 억압되었을 때 성장 발달의 초기 단계로 퇴행해서 어린아이를 선호하는 정신 질환을 일컫는다.

『괜찮아』에 등장하는 빅터와 앤의 실제 모델은 영국 철학자 A. J. 에어A. J. Ayer와 미국 저널리스트 디 웰스Dee Wells다. 그들은 소설 속에서처럼 세인트 오빈의 집에서 멀지 않은 곳에 살았다. 그들의 딸 걸리 웰스는 모든 사람들이 비키니를 입는 프로방스의 해변에서 에드워드와 알렉산드라는 신사 숙녀처럼 잘 차려입고 유모와 함께 파라솔 그늘에 앉아 있기만 했다고 기억한다.

1985년, 아버지가 죽고 몇 달이 지났을 때, 세인트 오빈은 아버지에 대한 책을 쓰기 시작했다. 그러나 머릿속에 뒤얽힌 과거의 일들을 글로 풀어내기 어려웠다. 그리고 매일 죽을 생각만 했다. 치사량의 헤로인 주사를 놓는 중에 정신을 잃고는 하루 반나절 만에 깨어난 적도 있다. 그때 주사기는 그대로 팔뚝에 꽂혀 있고 피스톤은 절반만 눌려 있었다. "그날 또는 이튿날 다시 시도하면 성공할 것 같았다." 그러나 옛날에 무슨 일이 있었는지 말할 수 있다면 죽지 않아도 될 것 같았다. 아무도 그의 인생에서 가장 중요한 부분을 모르기 때문에, 그래서 그때까지의 삶은 허위라는 생각 때문에 괴로웠다. 세상에 보이는 자기는 진정한 자아가 아니었다. 그 안에는 늘 혼돈이 소용돌이치는 어둠만 있을 뿐이었다. 세인트 오빈은 그것을 견딜 수 없었다. 결국 그는 친구 올리버 제임스에게 도움을 청했다. 올리버의 아버지도 정신과 의사였다. 세인트 오빈은 자기가 어렸을 때 겪은 비극적인 일을 털어놓았다. 그로부터 몇 년 동안 주에 다섯 번씩 그를 찾아가 치료를 받았다. 그리고 1988년에 맞은 헤로인을 마지막으로 약물을 모두 끊었다. 그런 뒤 다시 소설을 쓰기 시작했다. '소설로 진실을 써서 출간하지 못하면 죽어 버리겠다'고 생각했다. 그러나 감상에 젖어 과거의 일을 아무렇게나 털어놓는 것은 스스로 용납할 수 없었다. 그것은 흔해 빠진 회고록이 아닌, 부끄럽지 않은 예술성을 갖춘 소설다운 소설이어야 했다. 저자는 3인칭 서술로 자신의 분신에게 집중하는 동시에 다른 등장인물들의 생각을 읽을 수 있는 방식을 택했다. 하지만 1장을 쓰고는 도저히 계속 쓸 수가 없어서 중단했다가 1년 정도 지나서 다시 쓰기 시작했다. 아버지가 어린 아들을 강간하는 이야기? 그것을 입 밖에 낸다는 건 상상도 할 수 없는 일이었다.

그런데 그것을 책으로 써서 만천하에 공개한다는 건 실로 두려운 일이었을 것이다. 그는 결국 소설을 마쳤다. 그러나 출판사가 1992년 2월로 출간일까지 잡았는데도 출간하기 전까지 출간을 취소하기 위해 하루에도 수차례 전화기를 들었다 놓았다. 그 책을 읽는 모든 지인들에게, 세상 모든 사람들에게 따돌림당할 것 같았다. 그러나 막상 책이 출간되었을 때 그것을 읽은 지인들은 그를 위로하고 동정했다. 저자는 놀라워하고 안도했다. 그러나 등을 돌린 사람도 있었다. 과거 처칠 수상의 비서였던 아버지의 친구 하나는 그와 다시는 말도 하지 않았다.

세인트 오빈의 유모였던 한 프랑스 여자는 『괜찮아』가 출간되었을 때 프랑스의 어느 출판사에서 일하고 있었는데, 책을 읽고 그에게 전화를 했다. 평생 그때의 악몽에 시달렸다고 고백했다. 복도에서 어린 에드워드의 비명 소리가 들릴 때마다 무언가 끔찍한 일이 벌어지고 있다는 걸 알면서도 자기도 열아홉 살의 어린 나이였기 때문에 그의 아버지에게 맞설 용기가 나지 않았다는 것이었다.

그렇다면 어머니 로나는 알았을까? 로나는 몰랐다고 주장했다. 책이 출간되고 어머니와 만나 아버지에게 그런 일을 당했다고 말하자 로나는 "나도 강간당했어"라고 대답했을 뿐이었다. 우리는 소설을 통해 그게 무슨 말인지 잘 알고 있다.

세인트 오빈은 알렉산드라 마르라는 애인과 1994년에 딸을 낳아 엘리너라고 이름 지었다. 그때만 해도 어머니와 사이가 괜찮은 편이었다. 그리고 한때 영국 화가 루시언 프로이드의 모델이었던 제인 롱먼이라는 화가와는 아들을 낳아 루시언이라고 이름 지었다.

세인트 오빈은 '소설다운 소설' 구성과 인물 설정에 버지니아 울프의 『등대로』를 이용한다. 러시아의 문학 이론가 미하일 바흐친은 '글을 쓴다는 것은 과거에 집적된 글을 읽는 행위'라고 생각한다. 작가가 쓰는 글은 다른 글을 흡수하고 이에 응해서 나온다는 것이다. 이 두 갈래 길은 이야기 속에서 만나 하나로 합쳐지고, 이로써 문학이 형성되고 집적된다. 이렇게 만나는 두 길은 서로에게 영향을 미친다. 『괜찮아』를 『등대로』에 비추어 읽을 수도 있지만, 『괜찮아』를 통해 『등대로』를 새로운 눈으로 읽을 수도 있다. 세인트 오빈은 우리가 두 소설의 관계를 놓치지 않도록 '헤브리디스'(167쪽) 섬을 언급한다.

『등대로』는 결혼 생활과 유년기에 관한 이야기이다. 사랑하는 부모님을 잃은 상실감과 슬픔을 노래하는 애가 즉 엘레지다. 울프는 『등대로』를 소설보다는 엘레지라고 부르기를 좋아했다. 『등대로』는 『괜찮아』와 마찬가지로 영국 사회 계층에 관한 이야기이기도 하다.

『등대로』에서 "서로 융합하고 교류하게 하고, 떠들어 대는 모든 수고는 오롯이 램지 부인의 몫이었다"(1부 17장)라고 나오고 『괜찮아』에서는 "데이비드가 사람들에게 그들의 약점이나 실패를 상기시켜 줄 때면 엘리너는 희생자들의 기분을 자기 것으로 삼아 그들을 구해 주고 싶은 욕구와 남편에게 유희를 망쳤다는 비난을 듣고 싶지 않은, 똑같이 강한 욕구 사이에서 갈등했다"(182쪽)라고 언급된다.

램지 부인은 합일에 대해서 회의적이지만 저녁 식탁에 모인 사람들이 융합하기를 바란다. 그런데 『괜찮아』의 엘리너는 합일의 희망을 원천적으로 포기한 상태다. 손님들 간 합일은 고사하고 엘리너 자신부터 마음이 분열되어 있다.

데이비드는 유년기는 낭만적인 신화라는 주장에 의거한 교육관을 가지고 있었다. 그런 신화를 장려하기에는 너무 날카로운 혜안을 가졌던 것이다. (103쪽)

램지의 교육관도 이와 다르지 않다. 그렇기 때문에 악천후를 핑계로 등대에 가지 않겠다는 입장을 철회하지 않는다. 그러자 『등대로』의 화자는 이렇게 말한다.

만일 가까이에 도끼든 쇠꼬챙이든, 아버지의 가슴을 찔러 구멍을 낼 무기가 있다면 그 자리에서 무엇이든 집어 들었을 것이다.

『괜찮아』의 패트릭은 아버지와 손님의 이야기를 우연히 엿듣고 그들이 자기에게 무언가를 시키려는 줄 알고 계단을 내려가다 이렇게 상상한다.

패트릭은 잔을 쥔 손을 격렬히 오므렸다. 수치심과 두려움이 몰려왔다. 계단 벽에 걸린 그림을 올려다보고, 그림틀이 공중으로 날아가 모서리로 아버지의 가슴을 찍고 다른 그림이 복도를 따라 휙 날아가 니컬러스의 머리를 절단하는 광경을 상상했다. (151쪽)

램지는 등대로 소풍 가는 기대감마저 아예 배제함으로써 아들 제임스의 마음속에 적대감을 심는다. 그런데 『괜찮아』에서 데이비드는 한층 더 나아가 그것을 병적인 상태로 끌어올려 정신적, 신체적, 성적 학대를 가한다. 그 결과, 패트릭은 삶에서 기쁨을 느낄 수 있는 기회, 안정되게 건강한 정신으로 살아갈 기회를 원천적으로 박탈당한다. 물론 『괜찮아』의 부자 관계는 『등대로』와는 비교도 안 되게 끔찍하지만, 패트릭이나 제임스나 아버지에게 살의를 느끼기는 매한가지다. 『괜찮아』는 실제로 있었던 일을 그렸지만, 결과적으로는 『등대로』의 패러디가 된 셈이다. 한편 『등대로』의 제임스는 어렸을 때 결국 등대에 가 보지 못하고, 『괜찮아』의 패트릭은 놀이공원에 가 보지 못한다.

세인트 오빈은 또한 버지니아 울프의 '의식의 흐름' 기법을 모방한다(이런 경우 번역의 시제는 가급적 혼동을 피하기 위해 맥락에 따라 과거와 현재 시제를 혼용했다).

그렇게 일찍 가야 해? 엘리너는 생각했다. 그게 바로 그 상투적인 말이다. 그 말이 생각나지 않았다. 그런 상투적인 말 또 하나는, 늦더라도 안 하는 것보다는 낫다, 이다. 그러나 이 경우엔 사실 맞지 않는 말이다. 어떤 상황은 너무 늦었을 경우가 있다. 그것이 발생한 바로 그 순간 이미 너무 늦은 것이다. 사람들은 어떤 경우에 무슨 말을 해야 할지 알고 있다. 무슨 뜻으로 말해야 할지도 알고 있다. 또 더 다른 사람들은, 다른 사람들보다 더 다른 사람들은 다른 사람들이 무슨 말을 했을 때 무슨 뜻으로 한 말인지 알고 있다. 아, 이런, 취했다. (196~197쪽)

세인트 오빈은 이러한 형식을 빌려 인물의 생각을 보여 주는데, 이 경우, 우리는 이 내면의 독백에서 엘리너가 『등대로』의 램지 부인과 마찬가지로 다른 사람들과의 관계에서 자신이 부적격하다고 생각하고 소외감을 느낀다는 것을 알 수 있다.

이렇게 대표적 모더니스트 소설과 『괜찮아』의 관계를 생각해 보았다. 『등대로』와 같은 모더니스트 소설은 회복할 길이 없이 황폐해 보여도 구원의 희망이 있는데, 멜로즈 소설에서 구원의 희망은 찾아볼 수 없다. 세인트 오빈은 "어떤 일이 있었는지 단지 사실을 늘어놓으려고 쓰지 않고, 내가 처한 상황의 극적인 진리를 발굴하려고"* 멜로즈 소설을 썼다. 그의 '극적인 진리'에는 구원 또는 회복의 희망이 없는 것일까? 맨부커상 최종심에 오른 네 번째 멜로즈 소설 『모유Mother's Milk』는 제목에서 암시되는 어떤 '희망'을 발견할 수 있을까? 주로 내면의 독백으로 이루어진 이 소설에서 패트릭의 어머니는 아들에게 유산을 물려주지 않는다. 그렇다면 울프의 마지막 소설이자 유작인 『막간Between the Acts』의 형식을 빌린 듯한 『마침내At Last』에서는 기대해 볼 수 있을까? 40대의 패트릭은 '어머니의 죽음은 아버지의 죽음 이후 내게 일어난 가장 근사한 일'이라고 생각한다. 그러나 그게 전부는 아닐 것이다.

그런데 세인트 오빈은 구원은 아니더라도, 최소한 스스로 목숨을 끊지 않고 계속 책을 썼다. 우리는 그가 얼마나 치유되었을까 하는 의문을 가지지 않을 수 없다. 인터뷰들을 살펴보면 세인트 오빈에게 치유는 글 쓰는 일 자체에 있다. 그는 지그문트 프로이트를 인용하며 '일과 사랑'은 함께 간다고 말한다.**

---

*   Stephen Moss. "Edward St Aubyn: Writing is horrible." *The Guardian* 17 Aug. 2011. Web. 14 April. 2018.

**   Rachel Cooke. "The Sins of the Father." *The Guardian* 8 Feb. 2006. Web. 14 April. 2018.

일과 사랑은 심각한 우울증을 적어도 보통 정도의 우울증으로 전환시켜 주는 역할쯤 한다고 생각하는 듯하다. 글을 쓰기 시작해서 초기에는 정신적인 쇼크를 거치는 것 같았다. 『괜찮아』만 해도 전체를 손으로 마흔 번 넘게 고쳐 썼다고 한 것을 보면 그것은 아마도 다시 태어나는 고통에 못지않았을 것이다.

프랑스 박물학자 뷔퐁은 문체가 그 사람을 말해 준다고 한다. 철학자 루트비히 비트겐슈타인도 그 말에 동의한다. 그렇다면 에드워드 세인트 오빈의 문체에서 우리는 무엇을 알 수 있을까? 어려서 아버지에게 끔찍한 일을 당한 그는 소설에서 신랄한 혀를 가진 주체가 되어 있다. 세인트 오빈이 쓰는 가시 돋친 언어와 서술은 고통의 분출이다. 지나치게 장식적인 직유가 그것을 말해 준다. 고통스럽기 때문에 직유에 중독되고, 이 직유는 간혹 억지로 끌어다 대는 비유 같기도 하다. 강간을 당하는 동안, 그리고 그 후에, 패트릭은 자신의 몸에서 벗어나 도마뱀붙이의 몸속에 들어가고, 자신을 공중에서 내려다보는 상상을 한다.

지난해 어머니가 보지 말라고 한 교통사고처럼 그것은 별로 자기 같지 않았다. (114쪽)

'비유는—더 나아가, 문체는—페르세우스 방패'*와 같다. 그리스 신화의 페르세우스는 메두사를 마주 보면 돌로 변하기 때문에 방패에 비친 메두사를 보고 목을 쳤다는 것을 우리는 잘 알고 있다. 비유는 차마 직접 볼 수 없는 것을 '보지 않는 수단'이기도 하다. '교통사고'의 이미지는 세인트 오빈이 끔찍한 일을 당한 자신을 묘사할 때 그때의 생생한 장면을 선명하게 보기를 회피하는 수단인 셈이다.

호스 물로 개미를 죽이는 아버지에게서 패트릭이 물려받은 것은 달팽이를 죽이는 일이다. 비유는 사실을 있는 그대로 대면하기를 회피하는 수단이기도 하지만, 잔인을 묘사하는 수단이기도 하다. 직유는 패트릭의 정신적 외상을 마취시킨다.

압착기를 내려다보며 사람 눈도 반투명의 무른 젤리로 이루어진 포도송이 같다는 생각이 들었다. 그러자 얼굴에서 눈이 떨어져 나가 압착기 롤러에 으깨질 것만 같았다. (40쪽)

이렇게 비유로 묘사되는 부분을 보면 패트릭은 이미 아버지의 가학 피학성을 머릿속으로 리허설하고 있는 듯하다. 세인트 오빈의 소설에서 가장 특징적인 수사인 '직유는 아버지에게서 물려받은 언어의 혼란'**이다. 이 혼란은 다음 책 『나쁜 소식』에

★　Richard Robinson & Barry Sheils. "The violation of style: Englishness in Edward St Aubyn's Patrick Melrose novels." *Textual Practice*, 30:4, 2015, pp. 735~756.

서 정확하지만 심연을 가늠하는 언어로, 『괜찮아』보다는 조금
달라진 언어로 그려진다.

2018년 4월

공진호

★★   Richard Robinson & Barry Sheils, p. 745.

패트릭 멜로즈 소설 5부작

PATRICK MELROSE NOVELS

괜찮아

초판 1쇄 펴낸날 2018년 5월 31일
초판 3쇄 펴낸날 2018년 10월 12일

지은이 에드워드 세인트 오빈
옮긴이 공진호
펴낸이 김영정

펴낸곳 (주)현대문학
등록번호 제1-452호
주소 06532 서울시 서초구 신반포로 321(잠원동, 미래엔)
전화 02-2017-0280
팩스 02-516-5433
홈페이지 www.hdmh.co.kr

ISBN 978-89-7275-884-6 04840
ISBN 978-89-7275-883-9(세트)

* 책값은 뒤표지에 있습니다.